文
景

———————

Horizon

日系 | Horizon

社 科 新 知　文 艺 新 潮

17岁，
成为星或兽的
季节

【日】最果夕日 著 ｜ 匡匡 译

上海人民出版社

成为星或兽的季节

爱野真实 启：

可爱，是你唯一的可取之处。你精神平庸、贫乏，朋友圈就是你的社会。在你眼中，我们的存在，不过是一片模糊淡弱的光斑而已。于是，我才得以蔑视你。哪怕你在距我遥不可及的地方跳舞，我也可以在心里喜欢你。为什么，你要杀人呢？

教室，如同一个四方盒子。我置身其间，在手机屏的亮光中，突然注意到你的名字充斥在纷纭的网络口水里。推特、新闻网页，记载着你被逮捕的事实。

"森下呢？"

听到声音，我抬起头，见老师正在找森下同学。

这小子不在教室。已经开始上课了。我跟森下从没说过话。我想今后大概也不会有什么交集。不过，每次去听你的演唱会，他基本上也都在那里。有那么两次，我俩视线撞在了一起，可谁也没想搭理谁。

"书包也不在——"

某同学低头瞅了瞅森下的课桌斗，一本正经地举手报告。我心里已经有了眉目，这小子肯定去了那里。就像是他的朋友，不，他的好朋友一样，我起身奔出了教室。

来到自行车停放处，我飞快地推出了自己那辆。

"喂！山城！"

正在此时，老师追了上来。我不发一言。

"是身体不舒服吗？怎么回事，突然要走？"

真庆幸自己一直以来都是个认真听课的乖学生。老师语气温和，甚至感觉怯生生的，大概觉得这种平日里的乖学生一旦爆发起来才最麻烦吧。对不起，我只撂下这句话，就打算骑车走人。

"喂！"

老师稍稍加强了语气喊道。但我明白，比起那些顽劣的痞子生，老师对我的态度已经够客气了。于是，我讲出了你的事。

"爱野这个女孩超可爱的！是个可爱的少女偶像，是'Love You Mixer'偶像组合的主唱。而且，她跟我同岁，上高中二年级，白白的皮肤，乌黑的头发，即使不戴什么美瞳，眉毛下面也闪着两只大大的眼眸。为了她，我往秋叶原、往 Live 现场那种乌烟瘴气的地方也不知跑了多少趟。她好可爱。虽说如此，除了漂亮的外表也没什么拿得出手的亮点了，舞蹈演唱方面也是凭着努力勉强合格而已，只有努力而已，是个仅靠努力而存在的普通人。所以她真的超可爱！这么可爱的女生是不可能去犯罪的，不可能去杀人的！可那些新闻网页、推主什么的，却一个劲儿在那儿乱写什么'地下偶像爱野真实，因涉嫌杀人遭逮捕'。明明一定是莫须有的罪名！她绝不可能做出那种事！我必须去确认一下。叫我相信爱野是杀人犯？那就等于让我快点去死！"

我踩动脚蹬，加速离去。对我的一番话，老师十分惊诧。于是我轻松摆脱了他，骑出校门，驰下坡路，极力不去捏闸。不知何时，背后不再感到老师追随的目光。课堂如常继续。学校四周不见一个人影。我什么也不想，离开了学校。在这午休时刻都还没到的早间，我笔直向你家而不是自己家骑去。

　　可爱的你，父母家实际上就在我们生活的町内。尽管现在你或许已搬去东京市中心独居，不过，我知道你每周都会回父母家一次。你算不上多忙，不至于要搬出去住，家人大概是脑子糊涂吧，也傻傻地支持着你。你虽说样子可爱，却没什么了不得的才华，未来的发展一开始就无法期待。尽管如此也选择支持你的家人，跟你挺像，有一种可爱的愚蠢。我装作要去你家前面的公园，停好车，走进入口如森林般繁茂葱茏的公园深处，像个失业的上班族，在长椅上坐下，取出内藏信号接收器的自制头戴式耳机，抽出触角似的天线。

　　"请您冷静……"

"可是，我女儿怎么可能做出那种事？"

从似乎安装在客厅的窃听器中传来对话的声音。

"您女儿的手帕遗落在谋杀现场。"

"怎么会……！"

"妈妈。"

此时，耳机中响起熟悉的声音。是你。

"女儿，是你……杀了阿裕？真的吗？"

"……要是愿意这么认为，也可以。"

平凡如你，说出的话果然平常。素日里，你总唱着平淡无奇的歌词，演出散场后拍摄写真时，也在媒体面前说着了无新意的套话，今天亦不例外，吐出的句子毫不新奇。我屏息等待能否捕捉到你的呼吸声。可惜，只听见布料的摩擦声、脚步声，吵得耳朵痛。要是藏窃听器的人，能把它装在别的地方该有多好。

他们口中的阿裕，就是最近报道说下落不明，接着就爆出被杀消息的那孩子吧。我虽没有收看那条新闻，对她的名字容貌一无所知，但老妈说过，"就住在附近"。阿裕，如果仅仅是被什么可疑之人杀害的，该有多好。什么中年大叔、大妈之类，被这样的闲杂人等杀掉，动机是出于发泄性欲或谋财害命，该有多好。为了烂俗的狗血故事兴奋不已的大人小孩，在人们淡忘之前就销声匿迹的网络新闻，新的变态诞生了，新的谋杀出现了……循环往复，不知何时，成了司空见惯的常事。从这种意义来说，你不曾杀过任何人。偶像杀人？不存在的。

"杀死阿裕的人是我。"

然而，你却这样宣布。我感到血管内血液开始沸腾、浑浊。撒谎。我要杀了你，掐住你的脖子，暴力逼问你："你在撒谎吧！"不这样做，就觉得自己快要死掉一样，活不下去了，即将炸裂了。耳骨震颤，我的全身与之共鸣。波纹，弹射四溅。我必须在自己死去之前杀掉你，必须以不惜杀死你的正确与温柔来质问你。不许撒谎。被杀的人、死尸、遗体、女孩的梦想与希冀、未来与爱情……这一切的一切，我要将它们的生命踏个粉碎。我要杀了你。不许撒谎。我要大喊，要告诉你：你的，你的主题色是粉色，是把人的身体碾成齑粉后得到的那种粉色。手心，身体内壁，那种触感，让我几乎要把自己粉色的五脏六腑吐个干干净净。我知道，我心里清楚，你就是平凡本身。撒谎。我明白你在撒谎。拿起望远镜，我转身向你，你的耳朵深处、你的大脑、思考、粉色脑浆、你真实的眼瞳……我要窥视你。

正在此刻，我望见有个人，身体紧贴你家的围墙站在那里。是森下。

窗帘拉上了，望不见屋内。然而，墙根处立着森下。就是那个几乎与我相同频率光顾你演唱会的森下。

森下"粉爱豆"这事，班里那些家伙没有谁知道。至于说我的偶像是你，也同样无人知情。尽管如此，还是被班上的女生打听过：

"你在粉爱豆是吧？"

是又怎样？

每次被问，我都会想，要是能这样回敬对方该有多好。然而对方并不曾期待我的答复，所以实际上只是我自己在心里来回盘算和犹豫。森下是班里的红人，我还见过他被称赞"颜长得酷似某某爱豆"，当时森下便反问道：

"这人谁啊？"

这句回答博得了女生们的大笑。都在笑。不光她们在笑，连我也对森下生不出一点反感。假如森下能对我稍稍表露歧视之意，态度轻蔑，再不然表现出根本无视我存在的样子，我就可以毫不犹豫地讨厌他，就可以拥有正当理由去憎恶他，森下对我，却总是一视同仁，态度如常地打着招呼，也更不曾和班上的任何女生交往。甚至，他还去听你的演唱会。头一回发现他也在场，是我初次到下北泽的 Live 会场那天，其他的演出者既不是什么偶像，也算不上哪号人物，排在第三位的 Love You Mixer 出场之前，我一直在轰隆的噪音中难受得喘不上气来。森下却泰然自若地走到吧台，跟店员的小姐姐随便闲扯了几句，点了一杯橙汁。我心里嘀咕，这种场合，不是该喝点酒吗？但随即又想通了：哦哦，正因为不喝酒，才更符合森下的做派啊。起初，我以为他是为了别的演出者而来。可随后，对于第二位登场演奏的乐队，他看也没看一眼就出去了。等他再度返回时，恰好是 Love You Mixer 即将登场之前。你或许不知道，从舞台的下方仰望，台上的存在，超乎想象地耀眼，而观众席异常幽暗。不过，正因如此，在观众席间暗中窥视，也比你所能想见的更加容易。我看到森下不紧不慢，一点点向舞台靠近。我没兴趣去跟其他的粉丝交流，一向都这样站在会场的后排朝台上眺望。森下却一副驾轻就熟的模样，往你那边凑近过去，手里拿着你的主题色——粉色的荧光棒。不过，Love You Mixer 的粉丝内部也有上下等级，对于遵循着一套怪异的舞蹈动作来声援你的粉丝团来说，不守规矩冒失上前的森下，是个遭人忌恨的角色。实际上，他也的确遭到了驱逐，被一个胖男人撞飞出去，在人流裹挟下彻底退到了一旁。这小子虽说面露难色，却看不出丝毫愤怒或焦躁。大约是个小心行事的家伙吧。又或许是从没来过这样的场合。你的表演刚一结束，森下不等其他演出者登场就离开了。我虽考虑过，要不要告诉他接下来还有粉丝握手会及合影环节，不过，也不清楚那小子有没有察觉我在现场，特意跑去告知他我的存在未免不爽，还是算了。

接下来的日子，但凡我前往的演唱会，他必然在场，且慢慢摸清了其中的规则，站在那帮跳舞的粉丝身后，某个最能看清楚舞台的位置。于是，我就站得比他更靠后一点，不被他察觉地远远望着你。

此刻，森下紧贴围墙，大概跟我一样在窃听屋内的动静。凑得那么近，没准儿都能听清里面的叫声和怒骂声吧。我没有勇气上前求证，不过，他好似壁虎一动不动紧贴围墙的样子，实在怪异。本来嘛，刚才在教室听说他不在，我就预感到肯定会在这里。

你家门前停着三辆车，估计都是警方的吧。因为案件也是在附近一带发生的，我明白接下来你会被带去哪里。森下大概也清楚吧。

"怎么会……"

"是我杀了阿裕，分尸后，摆成了星星状。就在之前电视节目报道过的，痣山神社能量地的那棵树下面。我觉得那样摆挺好看的。"

"所以说，要请您的女儿往警局走一趟。"

耳机里传来对话声。你淡定自若的发言，听来过于轻浮，让人只觉是一派胡言。

你知道吗？当真知道吗？阿裕被杀，被分尸，被扔在游客蜂拥而至的风水吉祥地的大树下面。假如你声称这一切都是自己所为，我便再也没理由轻视你，没理由认为你是个平凡之人。你到底懂不懂？你不该是那种凶狠残暴的角色，而应该傻傻地唱唱跳跳，浑身上下除了努力别无长物，这才是你啊。

在你被警察带出门之前，我已跳上自行车先动了身。森下也早已离去，或许此刻正藏身于某处。不过，这小子知道我喜欢你，被他发现也无所谓。自行车不断加速，加速，加速。我冲下坡路，假如不是想象着拐弯不及会把自己撞死，我会加速到心脏简直下一分钟就爆裂。像你这种人，不可能去杀人的。不可能。

血。我从未见过鲜血，也从未做过什么手术，只是偶尔受点小伤，冒过几滴血，仅此而已。假如可能的话，甚至一辈子都不愿意瞧上死人一眼。在我看来，那些可爱的女生，总会听信某个模特的建议，化着某种一点也不适合自己的妆容，搞得样子丑丑的。于是，我会直言不讳地告诉她，你好丑啊。假如她为此而羞耻，那可再好不过了。真想在原宿的竹下大道上，以一种睥睨众生的姿态酷酷地走过啊。为此，我愿意穿上内增高的靴子。

自行车流利地拐了几道弯，事故什么的并没有发生，我安然到家。仔细想想，早退的事若是被父母得知，那可就麻烦了，我牵上宠物狗花花出门散步。

你应该不晓得我家住在哪里吧？就在距你家骑车五分钟的地方。从你家正前方那座公园的背面，一直向北，有条小河，水量少的日子里，能看到野猪在河边出没。我家花花一直冲着野猪狂叫。

"咦？山城。"

回应花花叫声的，不是野猪，而是某个与我擦身而过的家伙。森下。这小子一副逃学去游戏厅的神情，若无其事站在我面前。

"没去学校吗？"他不提自己，反倒问起我来。

"突然有点急事，就……"我小声答道。

"我也是。"

森下话音刚落，我恍然发现他身边还站着一个小女孩。

"她谁啊？"我问。

"我妹，"森下答，"可爱吧？"

我懒得理会。少女额前的头发用小熊橡皮筋扎着，容貌和你有几分相似，怎么说呢，我不想评价。回头发张照片给你看好了。森下对你的事绝口不提。这小子，明明早就注意到我也在你的演唱会现场。随后，他笑了笑：

"一起加油吧！"

当晚，那名少女的正面照就登上了电视新闻，一连播放了好多遍。下落不明。也没收到任何勒索电话。新闻报道说，当日少女头上扎着小熊橡皮筋，与之前的案件特征相似，而犯罪嫌疑人少女 A 已被警方拘留。我嘴里嚼着巧克力。虽说季节尚早，起居室里已摆好了被炉，我喊了一声，老妈就送来了牛奶咖啡。我喝着牛奶咖啡，听老妈在一旁念叨：

"最近真乱哪……"

女孩子会在这种地方被杀，说到底还是因为长得太漂亮吧。大概由于我是男生，才会有这种想法吧。不过，对异性怀抱着一种幻想，硬把一套自己可望不可及的美学标准强加在对方头上，能够这样去活着，也不失有趣嘛。据说，警察在未公布的其他事项中，也发现了与之前案件相似的疑点，打算慎重展开调查。

你仍在警局，未被释放。毕竟，是你白痴一样主动自首的。警察搜查了你家，想必也白费力气，一无所获吧。之后，也未见任何后续报道。"后来怎么样了？"推特上，我多次见到有人追问。各种关于你的流言蜚语，还有自称是你老同学的女生发布的动态，鬼话连篇。关于你，我大致还算做过功课，有一些了解。可在这种事情上，编造谣言的人多得出乎意料，众人也毫无抵触地选择相信。

翌日，我一到校，班主任就双手叉腰，大喊我的名字。

什么事？

刚要问出这句话，我就想起了昨天擅自离校的事。

"我也联系了你家里哦。"

不过老妈什么都没说。为什么呢？她已经很久都没有试图跟我说点什么了。这倒也无所谓。我只回了老师一句：

"对不起。"

"下次再犯的话，就罚去指导室了哦。"

什么嘛，这种毫无威慑力的台词，亏老师说得出来。

那么森下君呢？

"那小子也一样，下次罚去指导室。"

今天他到校了吗？

"那小子总是掐着点儿进教室的。"

该不会是请假休息了吧。

"他怎么了？没有联络我说要请假啊。"

不知森下会以什么样的面目出现在学校。你知道他是如何拯救了我的一颗心吗？你或许不会明白。不过，是森下杀掉了那个小女孩吧？阿裕肯定也是他杀的。我想，他是在试图告诉世人：你是无罪的，且终究是平凡的。这，便是对我的安慰。假如能见到森下，我打算跟他说，让我来帮你吧。

森下直到上课前才来，向每个照面的同学挨个打招呼，甚至跟我对视了一眼，说了句：

"早上好。"

这小子是白痴吗？有同学问他，昨天看"Music Station"了吗？他说看了。就在我看新闻播报的同一时段。

"今天放学后，要不要到好久没去的那家店玩玩？"

有人来约森下，他只答说太忙。是啊，接下来的日子，我估计也会忙起来吧。开始上课了。

连续发生了两起杀人案，受害者都是孩童。我们这些高中生，明明没必要为此惊慌失措，但老师还是要求大家放学后结伴回家。我不过就当耳边风随便听听，可班上的同学似乎都挺当回事的，纷纷商量着跟谁一起回家。于是我手忙脚乱，赶紧往森下那边凑过去。

"干吗？"

森下身旁的同学，显得比他吃惊。尽管如此，我还是觉得，此刻不跟森下约好一起放学的话，就很难逮到机会帮他做事了。说不定我约了他，其他同学就会退避三舍。

"喂，放学跟我一起走吧？"

对于我的邀请，森下立刻笑容满面，答道："好啊。"

"哎？真的假的？"

旁边的女生大感意外。但我选择无视。森下也选择无视。我刚想回自己座位，不知被谁伸脚绊了一下，差点摔倒。

"小心点！"

说这话的家伙，就是伸腿绊我的人。是故意的。

我心里清楚，但嘴上什么也没说。

不用看我也知道，跟森下走并排，他会显得特别高大，身材修长挺拔，衬得我就像他脚边的一颗足球。放学后，森下没有社团活动，似乎也拒绝了其他同学的邀约，只剩下我跟他，两人走路回家。我想拿出点勇气。想归想，出了校门，来到下坡路上，森下把手腕背在脑后，仰头望着天空。瞧那模样，既不像要跟我说些什么，又不像等着我跟他说些什么。

"森下。"我试着喊了一声。

"干吗？"

我原本也没有更多话要说，但森下好歹向我转过头来。

"那个……真实酱，被捕了啊。"

"是啊。"

森下答道。这家伙，一副打从好久以前就跟我是粉友的口气。而后，他继续说道：

"真希望她能马上被释放啊。"

嗯，我也希望。假如可能的话，我希望尽快证明你的无罪，以及无能。这世上不管谁来证明都可以。真正的犯人也可以。是的，森下也可以。我问：

"我来帮你吧？"

"帮什么？"

杀人。

"昨天的那个小女孩，是你……杀的对吧？听说，她是在另一个能量地被发现的。"

"嗯。"

啊，果然如此？哎？真的吗？

"不是你要问我的吗？"

呃……这可……该怎么办呢？

"可以啊。"

呃？

"你来帮我好了。"

森下笑了笑。这小子的笑容，看起来总是莫名混杂着一丝恶意，是样子太帅的缘故吗？长得好看的人，不知哪里，总有点像魔或妖。

"今天，我也打算先干一票。"

嗯。

"在那之前，估计要再去一趟她家。"

森下指的是你父母家。昨天他去过，看样子今天还要再去。为什么呢？今天有什么特殊情况吗？

"不，我想那倒没有。就算有，也不外是警察会打个电话过来而已吧。所以一直埋伏在那儿太累了。我呢，从昨天起就在附近设置了录音。"

就是……窃听器里传来的奇怪电流声吗？

"对对。怎么，你也知道啊？"

写到这里，要跟你解释在先：窃听器既不是我装的，也不是森下装的，是你自己，大概把粉丝送的什么礼物带回了家吧？里面被人安装了窃听器哦。我把你家附近所有波段都查了一遍，搜到了你家的动静。所以咯，运气不错，就一直监听。森下应该也一样吧。因为，我问他：

"你还录了音？"

"对啊，"他答，"之后好去确认信息，也可能会搞到不错的情报。"

按照森下的说法，假如继续有小孩以相同的手法被杀害，那么你的父母大概会被警方列为嫌疑人吧。

"就像咱们监听到的那样，尸体被肢解后摆成了星形，但这些情况据说只有犯罪者本人和警方才知情。说白了，真实酱不是在父母面前承认了吗？所以呢，就算警方觉得真实酱的父母为了帮她洗白，模仿相同的作案手法杀害了小孩，也不足为奇咯。"

这天，我没有骑车去学校，不愿妨碍到森下的计划，就把自行车留在了家里。森下就住在离学校步行五分钟的地方，我从没见过他骑车上下学。我俩便徒步往你家走去。

走了十五分钟。夏天虽正在慢慢消逝，但比起骑车还是累得够呛，出了满身大汗。

森下对我一言不发，径直走进公园。录音装置据说就藏在一片矮树丛中。他交代我"盯着四周的动静"，然后弯腰在树丛下查看，取出一只小型录音笔，是用各种电子元器件组装而成的自制设备，放置在一个蓝色塑料盒中。森下手势娴熟，从口袋取出另一只录音笔替换进去，而后将设备又放回了原位。

"你那玩意儿啊……"我开口道，"你那玩意儿，不会很快被警方发现吧？"

"无所谓啦，发现就发现。"

是吗……

"你想嘛，真被发现的话，那就说明自始至终整个案子都是我干的咯，只不过把罪行转嫁给了真实酱。"

嗯……不过，假如警方判定你只是纯粹的窃听，那不就没有意义了嘛。

"哦？"

不过，假如发现窃听器的时机，是在森下的犯罪嫌疑得到认定之后，那就有效了。在这种嫌疑产生之前，即使窃听器被警方发现，也会被当作一场恶作剧。毕竟，真实酱是个拥有众多粉丝的少女偶像。

"这样啊……不过假如可能的话，我还是希望用这东西了解一些警方的办案情况。"

"没关系。"我点了点头。

森下见我点头，眼睛闪了闪，一把抓住我的手。

"就埋在地下好了。然后拿手机遥控操作，利用公共波段随时传发信号比较好。"

"可是，这东西一下子就会没电的。"

我会去秋叶原买充电电池回来。装上电池后，埋在地下，为了保证散热，再装个排气扇。另外，要保证它有足够大的空间。所以，或许不能再用塑料盒了，最好换个大大的金属箱。

"哦？真的吗？你会帮我搞定？"

我又点了点头。森下喜形于色，抓住我的手激动地一通乱摇。

"谢谢你！"森下说。

这小子，大概对这种事不太擅长吧。总之，在我的协助下，成功做到了对你家的全面监听。接下来，我打算上秋叶原买设备器材去。

"你买器材这段时间里，我想再去杀个人。"

"你打算杀谁呢？话说回来，昨天那个小女孩，真是你妹妹？"

"不啊，是我妹的朋友，"森下道，"当然，最好是瞄准跟我有一定关系，可以顺藤摸瓜查到我的人物。其实最初的那名受害者，也是我认识的。"

是吗？我并没有将案件从头好好查个清楚。毕竟，谁能料到你会被捕呢？比起什么杀人案件，你的演唱会对我更加重要。我脑子里还得考虑，别忘记补充荧光棒。

"杀谁好呢？好吧，我有目标了。今天傍晚……山城，你知道一家叫佐藤和果子的店吗？"森下突然问道。

我摇摇头。

"是咱班女生最近发现的一家甜品店。他家的抹茶芭菲超好吃。啊，瞧你，一脸意外的表情。我虽说讨厌甜食，但日式点心就没有问题。今天约好了跟人在那里碰头。"

"你要杀约的那人？"

"嗯。"

森下依旧面色冷静地答道。至少流露出一点点兴奋或犹豫之情也好啊……我可不想亲眼见证他的杀人现场，就解释说，去秋叶原买东西这件事相当麻烦费时。

"那好，我就自己杀吧。"

森下的口气，就像接受了委员会指派的一项工作。尽管如此，我也顺水推舟，听由他安排了。

坐电车到秋叶原要花一小时二十分钟。况且说真的，杀人地点也非得跟你能扯上关系。我心下暗忖，下次一定好好帮森下杀人，手上更用力地握紧了电车的吊环，像要把手心与吊环间的汗攥个粉碎。我没有坐到位子上去，不过，对面坐着个家伙，一直盯着我死命瞧。是个女生，身上穿着我们学校的校服。我刚想移开视线，却见她站起身，朝我走来。

"哎，山城君。"

这声音，早晨我在教室听到过。就是说"真的假的"那个女生，平时围着森下献殷勤的小迷妹。直视着凑上前来的那张脸，我发现，她在眼睛周围化了浓浓的妆。

"怎么，山城君也在上补习班啊？"

这女生叫什么来着？渡濑……或之类的名字吧。
我摇摇头。

"什么？这样子哦。"

"呃……渡濑。"

"干吗？"

"你怎么跟在学校里感觉不一样？"

我问道。平时她那副德性，就像除了自己喜欢的
人事物之外，其他一切都可以去死。甚至像是认为，
就算有这样的想法，也会被全世界原谅。

"哦，女孩子嘛，聚在一起时就会很凶恶，大概是
这个缘故吧。我可怕吗？"

"可怕啊。"

渡濑一笑，露出了两颗小虎牙。

我忙又否认："哦不，哪会呢……"

"不过呢，本来我跟你也没怎么说过话吧？既然如
此，就别这么讲人家嘛！"

"嗯。"

"既然不上补习班，那你是要去哪儿？"

没有勇气告诉她，自己要去秋叶原，我含混道："有点事儿……"

"哦。"女生露出了理解的表情。

"渡濑，你在读补习班吗？"

"嗯。"

班上同学有不少人都在读补习班。不过，学校附近的繁华街里就有一间很大的补习校。这样为了上补习班，坐着电车往东京市内跑的同学，挺少有。

"今天我要去的是英语辅导班，教学方法好，名气大。"

"好到那种程度？可你干吗要补英语呢？"

"我哥哥姐姐都是读了这个辅导班后考上东大的啦。据说，这个班针对东大英语很有一套。"

"渡濑也想考东大？"

不知我内心是否有点小瞧对方，问出这个问题时，脸上挂着意外之色。所以刚刚听说森下也吃抹茶芭菲时，我也露出了相同的表情。不过，渡濑倒很爽快，直视我的目光回答道：

"是呀，我想设计制造能够从事护理工作的机器人。哦，你是不是挺意外的？人家学习很用功的好吧？"

这样啊……

"人家每次考试都排年级前三名的好吧？"

的确。经常看到渡濑这个名字。不过，我一直以为是个男生，记得是个挺中性的名字，对了，好像叫什么"渡濑明"。

"我的名字不错吧？"

渡濑又露出了两颗小虎牙。

从车窗望出去的风景，恰好是黄昏的一片火烧云。整个城市仿佛都在燃烧。我正这么想时，却听渡濑呢喃道：

"怎么感觉着了火似的呢。"

我答不出话来。假若是森下，他会怎么接话呢？

"17岁，是一个成为星辰或野兽的季节。今天做的英文阅读理解里，写着这样一句话。"

渡濑的侧脸，仿佛也被火光所渲染。

"意思是，会变成'非人'般的存在，在这段时期里，化身为星辰或野兽。大人们可真毒舌啊。"

夕阳点燃了远山，将之映照得一片绯红。

"渡濑，你是不是喜欢森下？"

这时，我鬼使神差地问道。

"啊？哪有！"她的回答颇让人扫兴，"有个叫青山的男生，不是总跟森下泡在一起吗？我喜欢的是他。对了，我可跟你声明在先，因为是你我才讲的哦。"

这倒让我吃了一惊。

"因为山城君没有别的朋友可以去传这些闲话，对吧？"

一阵心寒，我什么话也答不上来。渡濑又渐渐露出在教室时那种"好没意思"的神情。恰好此时电车到站，她慌忙下车走掉了。

我又花了四十分钟时间换乘，坐着摇摇晃晃的电车，到了秋叶原，办完事就踏上了回程，跑到公园把器材埋好……刚才若是跟森下交换过联络方式就好了。发生了什么？或者没发生什么？打开电视也没有任何报道。那家甜品店估计已经关门了吧。

次日清早，我一到学校就去瞧座位表，想知道那个叫青山的长什么样儿。青山看样子坐在森下后面。当然，森下仍未到校。倒不如说，看情形似乎没有任何事发生。果真如此吗？过了一阵子，青山来了，一进教室就跟同学聊了起来，笑得像个白痴，虽说没往他自己的座位去，但旁边的人喊他青山，那想必就是青山了。的确，昨天森下身边的某人，曾经伸脚绊过我一下，就是这小子了。

"早上好。"

青山打着招呼，一坐到位子上，就打了个大大的哈欠。此时，森下现身了，比平时略早了一点。

"喂，青山！"

森下的态度与素日不同，跟谁都没有问好，径直走到青山身边，一把揪住了那小子的衣襟。

"哎？干吗啊，阿森……"

"你小子，昨天怎么没来？"

"什么嘛，就为这事发火？抱歉啦。"

"随便放人鸽子，就用这种敷衍的态度道歉?!"

森下一拳揍在青山脸上。青山一屁股坐在地上。女生们在尖叫，教室里闹哄哄的。

"哎？你动真格的？吓我一跳。怎么了怎么了？阿森，你是不是心情不爽？"

尽管如此，青山也没有发怒，倒不如说，他被惊呆了。莫非昨天约森下去吃抹茶芭菲的，就是青山？倘若如此，那在青山看来，森下暴怒的原因不过就是自己爽约没去吃抹茶芭菲而已。于是，青山也愣住了。

"疼死了！"

"少叽歪！"

森下并不去将青山扶起，动作粗暴地坐回位子上。平时总凑在他身边的那群女生，今天也都离他远远地围观着。这时，渡濑奔到了青山身旁。我见状连忙移开视线。

随后，老师立即赶到，点名森下和青山去指导室问话。但渡濑报告说，希望先送青山去医务室。于是，只有森下一人被叫走了。尽管如此，仍有女生操心地说：

"森下君，不要紧吧……"

真是可歌可泣。之后，森下很快就回来了。第一堂课开始了。然而，青山却迟迟不归。没准儿觉得是个好机会，可以偷懒翘节课吧。第一堂课结束后，只有渡濑自己满脸不安地回了教室，走到森下身边。

"森下君。"

"哎，干吗？"

"你跟青山君道个歉吧。"

"不关你事好吧！"

"虽说不知道发生了什么，但打人总归不对吧？"

森下和渡濑狠狠瞪着对方，两人都一改平时的模样。虽是课间时分，教室里却一片肃静。我见森下露出一丝诡谲的坏笑，与平日不同，是一种对他人的轻蔑笑意。

"渡濑，你是不是喜欢青……"

"森下！"

没等森下话音落下，我先喊了一声，揪住了他的手腕。瞬间，全班同学的视线都聚焦到我的身上。渡濑吃惊似的望着我。不过，这跟她没什么关系。我对渡濑怎么看我，不感兴趣。

"……对不起。"

我只想制止森下而已。不知是否察觉了我的意图，森下一望到我的表情，马上就道了歉，声音低微，而渡濑没给任何回应。希望下堂课赶快开始吧。

接着，又到了课间时分，又到了午休时分，仍没有人跟森下搭话。于是，今天也可以轻松地跟森下一起回家了。放学后，我跟森下一言不发，默默走在下坡路上。

"不好意思啊，把你牵扯进来。"

"没事儿。"我摇摇头，却没有详细追问的勇气。

"昨天咱俩分开后，我原本打算跟青山一起去那家甜品店，结果这小子没来，没杀成。"

"原来你当真要杀青山啊……？"

"算是吧，毕竟关系不错。先在教室里闹上一出，之后青山要是死了，自然就会怀疑到我吧。"

没想到，森下打的竟然是这个主意。明知道渡濑会那么为难。森下似乎洞察了我的心思，点了点头：

"虽说挺对不住渡濑的。"

还说这种话。算了，没啥对不住的。

"你知道渡濑喜欢青山？"

……嗯。

"如果你是为了渡濑，不希望我杀掉青山，我会好好考虑一下。"

然而，我却一言未发。反正，管他谁死了，谁又为谁悲伤，都无法超越你对我造成的伤害。我必须再度向世界证明，你只是个平凡的女孩而已。

"话说回来，窃听器的录音……"

森下好像突然想起了什么，嘴里嘟哝着。昨天回收的那只录音笔，他带回了家去。

"警方对女孩的死，似乎还是定性为模仿作案。真实酱的母亲跟警察在电话里谈过好几次，可真实酱仍然没有获释的希望。"

"哦，"我踢了一脚地上的沙子，"可她明明是无辜的。"

"哦？真的？"突然，森下高声问道，"真实酱是无辜的？真的？"

当然是无辜的好吧。那么普普通通的女孩子，哪有可能去杀人。

"有什么证据吗？喂！"

瞧森下这股兴奋劲儿，我明白了：显然，最初的那名受害者不是他杀的。一度期待森下是真凶的我，希望破灭了。而且，直到这一刻之前，他都深信不疑你真的杀了人，为了帮你洗脱罪名，自己去杀了一个小女孩。

"原来是冤枉的啊……"

所有这一切，都是因为你，假装自己是个与众不同的人物，带着一副"异常者"的面具，去吸引他人的关注。

"太好啦……"

然而，森下嘴里自言自语着，仿佛放下了一颗心。

"假如她当真是无辜的，那我只要再努把力，她就一定能很快获释。好可怜呢……哦，不过，你说没有证据是吧？"

嗯。

"好吧。总之，再努力一下，继续模仿相同的手法作案就行吧。"

按照森下的说法，尸体被摆放成星形这件事，并没有对公众报道过，假如谁了解这个手法，并加以实施，那岂非说明就是真凶吗？据说警方内部也有人持这种观点。不过，仍存有一个疑点：假设如此的话，你又怎会知道这个信息呢？我们必须掌握更具决定性的事实。我告诉森下，警察曾提到关于你手帕的事。森下似乎也在窃听时听到过。那条手帕，或许被警方当作了物证。

"一条手帕而已，只要偷过来，放到作案现场去，想怎么伪装不是都轻而易举？为什么警方会因为这种事逮捕真实酱嘛。"

我沉默不语。

"对了，山城！"

这时，森下用一贯开朗的声音大喊我的名字。我望向他的眼睛，他微微一笑：

"我们也去偷一件来吧。偷个真实酱的私人物品。然后呢，把它放到杀人现场去。"

哈？

尽管我存有疑问，但森下貌似已做出了决定，脚步忽而变得轻快起来，转过大路的拐角，朝你家方向走去。

"警方说是真实酱的手帕，可见啊，她是那种把自己的名字这里那里到处绣的女生。怪可爱的呢。山城，你的体育成绩怎么样？"

我摇摇头。运动神经这种东西，光是想象一下就很绝望了，实在欠奉。

"是吗……我也没什么自信。"

嫌疑犯的家，这种地方，恐怕警察早就监视起来了。还是不要轻举妄动比较好……

"可是，我就算暴露行迹也 OK 啊。"

就算如此，我们为了帮真实酱脱罪而捏造证据这件事，一旦败露，反而会给她造成更大的嫌疑啊。

"这倒也对。"

森下停住脚步，有一小会儿，脸上露出深思的表情。潜入你家这种事，大约很简单吧。毕竟连窃听器都被人不费吹灰之力装进家里了嘛，说明你这个人，安全意识应该比较差。不过说这话的前提在于，必须假设我跟森下都是职业惯偷。

"对了，山城，你认识那个叫冈山的家伙吗？就是总站在演唱会前排跳舞的那个大叔。"

森下说的是一位骨瘦如柴的秃头中年男，估计你也有印象吧。因为他常来听你的演唱会。

"大概啊，他就是装窃听器的那个家伙吧。我为了搜索信号潜到房子附近去的时候，曾经见过他好几次。他应该住在东京市内的，是特意跑到这边来的吧。"

是又怎样？

"那种猥琐大叔，估计早就偷过真实酱的私人物品吧。我跟冈山因为门票的事联系过几次，知道他的手机邮箱。"

"你跟他认识？"

"嗯。只不过找他买张黄牛票，他却故意让我把学生证拿出来瞧瞧。不过，就因为如此，那家伙手里肯定有我的记录。"

此时，我尚且不知，森下为何要向我提及此事。

森下什么都没向我透露，随即朝车站走去。我知道他打算去冈山家偷窃，但是，他到底知不知道冈山家在哪儿呢？一问之下，他竟然答道：

"不清楚。不过，那家伙应该同时在追别的偶像组合，只要去演唱会现场蹲点，大概就能找到他吧。"

要玩跟踪？对于我的质问，森下满面笑容点了点头。不过，就算如此我也感到安心。接下来我俩要去秋叶原车站，也就是说，今天森下或许不打算杀青山了。虽说就是杀了也无所谓，不过，此刻我还没做好心理准备。

在电车里放眼望了一圈，没看到渡濑。今天，她不去英文补习班吗？我忽然冒出一个念头，想问问森下是否参加升学考试，平时有没有上补习班。真的，就打算跟他随便唠点闲话。

"没去啊，我退班了，觉得没意义。"

我记得森下成绩似乎也不错。相当不错。而我是相当差劲。老早以前我就觉得，这是脑子活络的人和死板的人之间存在的差距。

"山城呢？"

"我也没去。"

听了我的回答，森下低声自语道："也是啊，为了支持爱豆，会很忙的。"

这小子为了追爱豆，退出了补习班？

"是啊，来秋叶原起初是为了上补习班，所以才有机会遇到了爱野真实嘛。本来我就看不出上补习班究竟有什么意义，倒也正好。"

森下对自己的未来，没有任何不安吗？

"不安什么？反正只有去坐牢，不是吗？"

但……话说到一半，我就放弃了。就算我自己，也没在好好念书。除了喜欢你之外,一事无成。尚未成形的灵魂,在身体里摇荡,在皮肤下炙热发烫。

"不管怎样都好。死了也好,杀人也好,被捕也好,只要能救出真实酱,怎样都好。我就是为此活着。比起这个,就算有未来,就算有生命,都跟我没关系。"

我立在森下身旁,感觉双肩微微发僵。仅仅为了支持你而存在的人生,岂非毫无意义?我原想这样讲,但不知为何,想到这话会刺伤森下,就感到不悦。是你,给了森下一个不彻底的、残缺的梦想。我必须告诉他,你是个多么平庸、随处可见的女孩。

"森下,你喜欢真实酱的什么呢?"

"喜欢她可爱,舞跳得好。"

可这些,都是她拼命苦练的结果,并非有什么才华啊。

"正因如此,她才好。"

……这一点,我懂。正因如此,才好。你别无所长,既没有才华,也没有品位。为此,你背负着自卑感，为了让别人以为你拥有这一切而努力不懈。喜欢的食物、喜欢的音乐，样样都平凡无奇，只要稍微有一点不同于他人的地方，你就引以为豪。这种态度，这种哪怕比他人多爬高一点点也好的悲惨姿态，正是我中意的。毕竟，你如此可悲，如此可怜，我能做的，只是去蔑视你。

"努力也是一种才能呀。"

森下喃喃自语。忽而，我脑海中浮现出渡濑的脸。

"我喜欢看到真实酱努力的样子，站在舞台上，无忧无虑地唱啊跳啊。就算是我，其实也有在努力啊，感觉自己在拼命地活着啊。不过，这舞台上站着一个比我更努力百倍，并且看起来为此快乐不已的女孩，想到这点，我除了喜欢上她，简直别无选择。我想至少对她，我要竭尽全力，拼命更拼命地去支持。她对我而言，是个特殊的存在。"

无以反驳。我望着车窗外建筑上的广告牌。你很希望自己的照片登上这广告牌的中央吧？希望做出自己的百万畅销金曲吧？希望金曲变成大家的手机铃声吧？

森下的眼眸深处，仿佛有两口漆黑的洞穴。他手中牵着那名少女打算杀掉她的时候，我尚未觉察，他的杀意与执念如此之深。

"到咯。"

森下站起身，我也慌忙追了上去。喧闹如常的秋叶原站。

"森下，你有那么多粉友吗？"

走在秋叶原拥挤的人潮中，我向他问道。黄昏已过。因为是平日，稍微来到背街之处后，行人一下子少了许多。

"有啊。演唱会结束后，有时我会和其他粉丝去开庆功宴。哦，不过冈山没有参加过。他好像喜欢单独行动。山城你也是吧？"

原本我就不知道还有这样的粉丝联谊会。我跟其他粉丝从没说过话，所有信息都是从网上搜集的。

"不过，你能跟喜欢单独行动的冈山互换联络方式，也挺有一套的嘛。"

"哪儿啊，我只是找他转让门票时才联络。"

终于来到一个女仆咖啡屋地下的演唱会场，地方狭小。黑板上罗列着各个偶像组合的名字。每支组合的名字都在哪里见过，却没什么太高的人气。

"不进去了，就在外边等吧。我记得冈山应该有在追一个组合，名叫'紧紧的丝带'，按演出顺序排下来，大约要一小时后他才能出来。"

不过，自己喜欢的偶像刚闹出杀人事件，谁会马上就转投其他组合的演唱会吗？

"这也难说，不过冈山就是这种人嘛。从他喜欢的偶像同时有好几个来看，就挺不正常了。"

森下冷静地告诉我这些之后，就向便利店走去。似乎打算装作翻阅杂志，偷偷盯着这边的动静。

冈山果真在一小时之后从演唱会场出来了。果然，是独自行动。

"这家伙，总用这种方式一个人单独行动，是因为便于偷窃偶像的物品嘛。"

森下摆好货架上的电视杂志，同时嘴里嘀咕着，拍拍我的肩膀，飞奔出便利店去。我也慌忙跟随其后。冈山貌似要去秋叶原站，在天光已经黯淡，行人也渐次稀少的街道上，目不斜视向前走着。森下尾随着冈山，而我只能不声不响追在他身后，紧盯他的背影，完全顾不上去瞧冈山。

前面的两人脚步匆促。而我，心跳声听起来如脚下的足音一般凌乱，气喘吁吁，鼻息回响在耳膜深处。跟上去。跟上去。渐渐有点搞不清楚自己到底在干什么。可眼前那两人，却目标清晰地快步走着。我停住脚步，森下的背影在视线中愈来愈小。我想，就这样转身回家去，估计他也不会察觉吧。为了你，森下去做贼，去杀人。而我，也希望澄清你不可能杀人的事实。但是，我却做不到森下那种地步。我累了，疲惫得要死，困倦得要死，不想再往前走了，更何况去犯罪……

"山城！"

某人抓住了我的手腕。定睛看，眼前站着森下。

"你没事吧？"

"啊，对不起，我……"

"行了。我瞧见冈山往某个站台去了，还有四分钟电车就要进站了，赶紧！"

我这才发现眼前是一座车站。蛋糕店门前挂着成排的万圣节南瓜灯。秋天。我想，秋天来了，而森下似乎对此毫无知觉。我甚至想，也许某天他就行迹败露了，死掉了。对这一切，他全都不在乎吗？然而，我却难以接受。

"赶紧啦，山城！"

我点点头，与森下一起向站台走去。

冈山身穿薄薄的外套，一直把手抄在衣袋里。皱巴巴的外套，大概根本不曾好好晾晒过，颜色也褪得斑斑点点。我和森下装作是从乡下来的高中生：

"喂，女仆咖啡屋真不错，是吧？"

"是啊。"

"回头咱们再去吧。"

和森下像朋友一样聊着天，心里感觉挺怪异。青山、渡濑和他在一起的时候，也会有这样平和的心绪吗？不会被任何人看轻，大家都对他怀抱着好感，能和这样的人成为好友，会很有安心感。但我不想成为这样的人。森下笑起来时，眉头会皱在一起，看起来有点害羞。他那副模样，真的十分孩子气，时而大笑，时而惊讶，看得出来，他似乎对高声表达情绪不抱有丝毫的不适。我不想成为这样的人。不想去了解真实的他究竟有多孤独，心中是否对世界抱有憎恶，我只想像他那帮蠢友一样，一味把他认作是个"好人"。

电车到了。我俩确认冈山上了车，就从相邻的车门跟了进去。那家伙插在口袋里的手不停蠕动着，森下小声嘀咕：

"八成又偷了什么吧。"

何必呢，离得这么远，冈山应该听不到我们的声音吧？我一直很想问问森下，他紧盯冈山的理由是什么。

"我瞧见好几次了。见他从真实酱的包里偷自动铅笔。还有一次，他把饮料吸管和真实酱擦嘴后扔掉的纸巾，偷偷塞进塑料袋里。"

可是啊，这些情况全都发生在后台休息室吧？

"嗯……"

森下露出难为情的样子。

"抱歉，虽说有点难以启齿，不过，有好几次，我戴着相关人员的工作牌溜进后台过。"

难不成，是真实酱和偶像男团合演的时候？

"呃，怎么回事，你怎么知道？"

以森下的颜值，混入偶像男团，也没啥不可能吧。

"我也……想偷她的东西来着。"

森下低声坦白道。

"就算是垃圾也好，不管什么都好，我想拿来当作护身符。不过，瞧见冈山那副模样实在没出息，我就罢手了。大概真实酱也有所察觉吧。尽管如此，她也微笑着和每个粉丝握手，真是个温柔的女生。"

我却只想说，那是她防备意识太薄弱。不过，为什么想这么说呢？我却不知道。

电车到了大崎站。冈山生硬地推开其他乘客，挤下了车。我俩也慌忙飞奔出去。耳边传来森下的声音：

"这一站，是真实酱独居的地方。"

之前我并不知道你独居在此。只有冈山和森下两人知情。我想，这俩人八成是用什么滑头的手段搞到的地址。你是不是还以为，自己的隐私不为任何人所知？出了车站，眼前马上横着一条小河。河面上似乎漂浮着零星的落叶，暮色昏沉，幽暗到看不清水面，只有一星半点的波光，粼粼闪动，那里一定漂浮着什么东西吧。只要不是人就好。为避免被冈山察觉，森下稍微与他保持着一点距离，尾随在后。过了小河，沿着河岸向前，出现了一座公园，横穿公园后，眼前有一栋漂亮的公寓楼。我被告知，你就住在这栋楼里。记得吗？你家楼对面，有幢破破烂烂的出租屋。一楼拐角的那户人家，围墙上总晾着一条脏兮兮的旧毛巾？就是那幢房子。据说冈山就住在那里。所以，很可能他也曾潜入过你家。

"山城，怎么办？"

眼见冈山进了那幢出租屋，森下口中问着，却并不扭头看我。什么怎么办？我懵然不懂。

"你要回去吗？我会在这里等冈山出来。"

等……等一下，都已经这个时间了啊？

"可是你瞧冈山那副面黄肌瘦、营养不良的模样，刚才从演唱会出来的时候都那么晚了，他也不买晚饭回家。对这家伙来说，估计一天还没有结束。以前我给他发短信的时候，他也只在深夜才回复。"

可是。

"总之，从现在起，埋伏在这里等着最靠谱。我就待在这儿。山城，你最好还是回家吧。没跟爸妈打招呼对吧？"

嗯。嘴上答应着，我却没有立刻回去的勇气。

"森下，我会待到最后一班电车的时间。"

"啊？真的？"

还有三个多小时。我拍拍森下的肩膀："站在这里，很快会被人报警哦。"

"没事儿。哦，也对，如果现在被警方盯上就麻烦了。”

“嗯。森下，你用的是智能手机吧？”

我把森下的手机要过来，把自己的手机塞进出租屋围墙的缝隙，调整好相机镜头，接着，又将森下的手机重新设定了一下。

“你在干吗？”

我把手机的相机镜头，代替监控摄像头来用了。只要去附近的店里监视着手机里的动静，就不必待在这儿了。

“呃，山城，这样没问题吗？就把手机扔在这儿……”

“没关系的。”我答。

老实说，自你被捕之后，也没什么东西要用手机来查了。

相机拍摄到的出租屋，分别有几个出入口，都不见冈山有什么动静。我跟森下待在一家快餐店，分食着一包炸薯条。森下目不转睛盯着手机画面。

“今天之内，这家伙要是不再有行动了，该怎么办？是不是该去他家偷点什么呢？”

为什么呢？

"这事得抓紧啊，不赶快下手，真实酱就会被警方送检提讼的。"

据说，你目前仍关在地方警局。森下说，接下来你会被押送更高的机构。

"啊！"

这时，森下盯着手机大叫了一声。

我去看时，只见冈山刚才进去的那扇门打开了，一个黑影走了出来。光线昏暗看不真切，但肯定是冈山无疑。森下比我率先站起身，飞奔了出去。

到达冈山所住的出租屋前，森下立刻将塑料袋和橡皮筋递给我，让我把手脚全部套起来。

"我从窗户进去，山城你等我打开门锁之后再进。"

一看之下，窗户果然开着。貌似只要翻过围墙，就能从窗户直接进入室内。不过，这也意味着，冈山估计打算很快就返回吧？

"反正家里也没什么值钱东西，锁门关窗这种事就会很马虎吧。"

无视我的忠告，森下悄悄爬上了围墙。没办法，我也匆匆向房门走去。

房门很快就开了。配合森下的指示，我蹑手蹑脚走进屋内。眼前是个没有丝毫使用迹象的厨房，穿过厨房之后，则是个狭小的榻榻米式房间。屋里一股霉味，脚下几乎看不到地板，垃圾袋上面还堆放着许多衣物。森下立刻指了指床下，而后从中取出一只小小的纸箱，上面用圆珠笔写着几个字：冈山真实。可见你啊，不知怎么，在冈山的想象之中已经和他结婚了。森下打开纸箱，和房间的凌乱相比，箱内物品的摆放却井然有序，整齐排列着一些塑料袋，袋子边缘用记号笔写着日期，而后按照日期有序罗列着。里面都是些纸巾、吸管或勺子，也有手帕、文具、发夹，以及曾经某个时期 Love You Mixer 全员都佩戴过的手环。大概是为了和其他成员保持区别，手环上写着你的名字。

"就拿这个好了。"

森下从纸箱里挑出那只手环，接着，又默默取出两枚装有纸巾的袋子。

需要拿这么多吗？我原想这么问，但再一想，其实这个杀人计划何时能够结束，我也没有头绪。

森下和我正打算将纸箱放回原处，此时，屋内响起了来电铃声。一只智能手机扔在床上，卷在了被窝下面。来电显示是一个"店"字。大概是冈山打工的地方吧。森下毫不犹豫把手机抓了起来，等铃音刚落，就动手操作起来。锁屏密码在输入了你的生日之后，立刻破解了。

"看！"

森下给我瞧一张照片。是你的舞台照，从很低的视角仰拍的，能看到裙子下面的硬质衬裙。

"看来是个偷拍的惯犯呢。"

一张张刷着手机里的照片，只见清一色是女孩子的各种露骨写真，我刚刚撇开视线，就听森下嘟囔了一句：

"无耻啊！"

而紧接着，又听见他发出诧异之声："咦？山城，你看这不是真实酱的字迹吗？"

我一看，照片拍的似乎是一本笔记。确实，上面的字迹像是出自你手。日期与文章交错排列，肯定是日记吧。森下开始用手机将这些照片逐页翻拍下来。我提醒说该回去了，也遭到了无视。可是，冈山估计马上就要回来了。

谁知这份疑虑未能命中靶心。几乎是同时，耳边传来了洗手间哗啦哗啦的冲水声。

"咦？你们是哥哥的朋友吗？"

背后响起一个女孩开朗的询问声。待我反应过来时，森下已经站起身，将女孩推倒在地。我扭头看去，却见女孩被森下骑在身下，只露出两脚，穿着及膝的白袜。应该十分年轻。

"森下！别这样！你在干什么！"

对于我的呼喊，他似乎充耳不闻，姿势一动不动。也听不到女孩的呼喊。那时，我压根未曾意识到，女孩的脖子正被森下死死掐住。

我或许曾叫出了声，或许唯一没有做的，就是叫出声。等自己察觉的时候，我早已奔出屋外，奔下楼梯，跑到了附近的公园里。我以为森下或许会追上来，却没收到任何联络。我感到恐惧，胆战心惊，取回刚才塞进墙缝的手机，立即向车站走去。我想见森下，然而森下连个电话都不曾打来过。街区一片阒寂。你住的那栋公寓，甚至对面的出租屋，没有任何一个人出来探看，谁也不曾察觉刚才的异状。小河的水流泛起丝丝波光，如夏天吃的细面，唯有这一点，看起来与方才来时的光景没什么异样。我的心脏，仿佛藏在眼底深处。与脉搏相同频率，眼睛痛了起来。

　　我冲进电车，凝望窗外渐行渐远的大崎町。那里有一具尸体，还有森下。究竟发生了什么？该怎么办？按森下的思路，也许会把尸体肢解。然后，明天，警察应该就会发现。森下没有感到过愤怒吗？

　　仅仅为了证明你不可能杀人，我们就要付出这样的行动。仅仅为了证明你是个平凡的女孩，森下已经杀了两个人啊。我目睹了一切，又逃离了现场。实际上，我明明发觉了他要杀人的吧？那女孩被森下推倒在地的瞬间，我已经意识到她会死掉的吧？该怎么办才好呢？当时，最好的反应是当场制止森下吗？如此一来，那女孩会认为我俩是入室行窃的小偷吧？这样果真好吗？那么，我俩为了帮你洗脱罪名而捏造证据的行为，或许就会败露。这点绝对要避免。为了你，我眼睁睁看着女孩被杀掉了。

我在昨天渡濑下车的那一站，中途下了车。不会这么巧，她今天也要上补习班吧？除了英文之外，也还有别的科目需要用功。我呆坐在站台的长椅上，脑中思索着渡濑的事，手中既没有她的照片，也几乎不记得她长什么样子了。假如森下杀掉了青山，渡濑会是怎样的心情呢？假如我与青山的被杀扯上关系，她会有一点点恨我吗？不过，无论如何，这件事对我来说，有着足以摧毁我内心的分量。我不愿被渡濑无视。昨天她跟我搭话的情景，此刻想来，令我感到快乐。我反复回味着昨日那一幕。她一定很快就会将我忘记。我和她，仅仅是昨天有过短暂的交谈而已。我只希望十年后，她能稍稍对我有一点点印象就足够了，仅此而已。但是，她会忘记我的吧。我不愿她对我怀有憎恨。哪怕事已至此，我也做不到"宁可被憎恨，不可被遗忘"。这样想的我，好没骨气。有一颗生而残缺的灵魂。

最后一班电车驶入视线。我惴惴不安，心想森下不知在不在这趟车里，却找不到他的人影。手机显示有几条父母的未接来电，我没搭理，只回了条短信，口气冷淡地告诉他们自己会晚点回去。

深夜，森下用邮件发来了23张照片。我没有打开的勇气。一心认定它们是尸体的照片，不敢打开看。明天在教室见到森下，说些什么好呢？他会对我很无语吧。或者对我很憎恶？像我这样只求能置身事外的自私之人，我简直找不出第二个。对不起，森下，对不起。

"今天不上学吗？"

老妈摇晃着被窝里蒙头不起的我，已经是早晨了。不马上出门就来不及了，但我却动也不想动。今天假如不去学校的话，一切就都完了。心里如此数落着自己，身体却没有动弹的意思。甚至对老妈找不出一个圆满的借口。我闷头不响，然后只听老妈说："那明天再去吧。"我未答一句话。

之后，再没有收到森下的任何邮件。即便昨天发照片来时，他也未曾附上只言片语，只是默默丢过来23张图片。正因如此，我才怯于知晓其中的内容。一想到要去了解他内心的想法，从眼睛到心脏，我全身的血液恐怕都会冰冻凝固。

到了11点左右，我硬撑着爬出被窝，取出游戏机，一动不动，直玩到老妈上来喊吃午饭，训斥我怎么都这个时间了还穿着睡衣，让我拾掇好以后赶快下楼。我一边换衣，一边琢磨：自己早就不是什么"妈妈的乖小孩"了，不管发生什么，老妈都会对我温柔相待吗？我打算饭后安安静静听会儿音乐。不是什么偶像歌曲，是那些爷爷辈的老歌手，在我这么大年龄时创作的美妙音乐，闪闪发光，能把脑海浮现的恐怖景象悉数抹去的音乐。

下楼来到客厅，电视开着，正好在播新闻节目。有关你的杀人事件，至今仍是重点内容。忽然，画面播出一张奇怪的少年脸部写真。

"什么啊，这小子是谁？"

我不禁念叨出声来。老妈闻声，端着蛋包饭走了过来：

"哎呀，你不知道？这不是最开始的那名受害者嘛。瞧，你也报考过的嘛，痣山高中的孩子。而且和你同岁。"

老妈提到的，是附近一所高中的校名。听说你可能会去那里读书，我就也报考了它，却落榜了。运气太糟。考试没能顺利通过。那之后，听说你搬去了东京，我反而感到安心。反正，你肯定也没考上吧。新闻里说，受害者名叫风间裕也。我目不转睛盯着那张照片。阿裕，你的确提到过这个名字。我一直以为是个小孩，而且是女孩，谁知……是个已经上高二的男生，在你口中竟被称作什么"阿裕"。到底什么意思嘛？我心里琢磨着，同时盯着那小子的脸。不如森下帅气，我想。伸手舀了一勺蛋包饭，心里仍反复想：不如森下帅气，不如森下帅气……就这么一边想，一边舀着蛋包饭。

"慢点吃啊！"

耳边传来老妈的数落声。案件似乎仍无进展。至今，那个女孩的尸体似乎仍未被发现。森下还没能把她肢解吗？假若如此，尸体又藏在哪里呢？把尸体从大崎町搬运到这里来，想必很困难吧。莫非，他已经就地做了简单的肢解？我感到一阵恶心，把电视换了个台。

现在播的是综艺八卦，聊着一个我不感兴趣的体育选手和明星的话题。是啊，早知会是这种无聊节目。不过，我却没办法从电视机前离开半步，不停从一个白痴频道，切换到另一个白痴节目，搞得老妈简直要发火。我面无表情歪在电视机前，笑也笑不出一下。

"累了是吗？去床上躺着呗。"

对于老妈的劝告，我只当没听见，一直瞧那些综艺明星聊着白痴兮兮的话题。无聊的屁事儿，不可思议、玄之又玄的小知识。我的心，像水壶盖子，咔嗒咔嗒不停震颤。还有这样一个庸常无聊的世界。它存在着。我知晓它的存在，此刻正注视着它。至于昨天曾目睹了什么，见到了什么，经历了什么，都不重要，那并不是所有，不代表一切，不属于整个世界以及我人生的全部。此刻在某个地方，有人正卖力取悦包括我在内的所有人类，以逗乐为生。这世界有欢笑存在。有人正试图让大家开怀大笑。而我可以置身其中。可以收看这一切。我被允许目睹这欢乐的场面。我可以笑。大笑也没有关系。我……

我哭了起来。

"哦？啊，是吗？"

已过傍晚时分。听见老妈的声音，我终于将视线从电视挪开，见老妈正通过对讲机跟门外的什么人通话。

"翔太，有个叫渡濑的女孩子来看你啦。"

老妈一脸惊讶。而我，吃惊程度也不亚于她。

慌忙披上老妈递过来的开襟毛衫，我畏畏缩缩打开家门。果真，门外是渡濑，一脸为难之色，不过，却独自一人站在那里，发现门开了一条缝，便冲我摆摆手。我只能拿出勇气，现身在她面前。

"你没事吧？感冒了？"

渡濑笑着，递给我一沓讲义资料和课堂笔记的复印件。

"瞧，这可是优等生的课堂笔记哦。快感谢我吧！"

是的，眼前是个爱笑爱捉弄人的调皮女生。我明白，电视机里那个明亮的世界已化为一束结晶，化作了人形，真的化成了一个女生，仅仅为我飞奔而来……哦不，我知道这样讲太自作多情，但渡濑，我很清楚，作为一个真实的人，的的确确是为我而来。可惜，在我眼中，世界早已只剩下黑与白。此刻，白色，唯有电视中才存在的白色，为我而来了。

"你怎么了？不舒服吗？"

见我躬着腰，渡濑伸出手来。还没等她握住我的手腕，我先摇摇头，笑了。没关系啊，没关系。

"真的？"

我看到渡濑的指尖倏地撤了回去。

嗯。

"不要硬撑哦。啊，对了，不好意思，我是有件事想跟你道歉，所以才跑来的。"

我抬起头，见渡濑咬着下唇，凝视着我。

"后天开始的修学旅行，今天，大家把小组分好了。"

从后天……开始来着？其实，我早已把这事彻底忘在了脑后。是打算去哪儿来着？我口中自言自语，而渡濑顾不上回答我的疑问。

"抱歉，我知道这样太自作主张，但是山城，我把你分到自己的小组了。"

这倒也无所谓。我本来也没什么能组队的朋友，平时总是被分到其他小组里凑凑人数。

"跟你说哦，其他几个组员，分别是青山和森下，还有一个女生叫田江田，你知道她不？田江田。"

我摇摇头。

"啊，果然不知道？嗯，就是平时总跟我在一块儿的那个女生。明白吗？坐森下邻桌的那个。"

这我倒是知道。是森下的小迷妹。

"青山和森下啊，两人还在闹别扭，是我硬把他俩凑到一个组里的。这样一来，森下就说，那让山城也进组吧。"

哦？

"也不知为什么，我要是不答应的话，森下说，他就坚决不跟青山一组。大概因为再有一个男生在场的话，他就算不跟青山说话，也能过得去吧。"

森下应该有关系比我更亲近的男生朋友。我虽这样觉得，但渡濑似乎完全没往这方面想过。倒不如说，对于森下指名要我进组这件事，她似乎没有丝毫想法。

"抱歉啊，如果你身体难受，就跟我讲，我来安排别人替换你。"

我点点头。不过，没有关系的，我说。渡濑却有些为难地笑了笑。怎么才能告诉她，我是真心觉得这样的安排很好呢？难道要老老实实直接讲，我愿意跟森下，哦不，愿意跟渡濑一起吗？不会被她当作是奇怪的嘲讽吗？

渡濑大大方方告别离去了，笑着说，今天也要去补习班。我问不耽误吗，这样拐到我家来。

"嗯，今天是数学班，离这里很近，没关系。"

她一直说话挺客气。我本来也该客套一下的，可看到她背影已经走出很远了，方才想起来。

翌日，我决定到学校去。把手机放进书包时，想起森下给我发送照片的事，却已经不怎么畏怵了。电视新闻里，并没报道说又发现了新的尸体。打开手机电源，我点开邮件。

里面只有森下在冈山房间翻拍的那些"日记照"。你的字迹密密麻麻罗列其中。而且，我发现"风间君""阿裕"等字样亮相过好几次。我了解到，你跟阿裕从初中时代起就开始了交往；也了解到，阿裕将你过去的一些私密照发送给你，以此敲诈。从上面那些拙劣的心形马赛克，可以推测照片的内容有多放荡。你曾写过，自己就是为这个原因决定杀掉阿裕的，对吧？日记里写道：我要杀了你。这是开玩笑的，对吧？关于尸体的肢解方法，以及能量地的一些笔记，森下都拍得清清楚楚，发给了我。这本日记，没有上交给警方吧？你有好好地藏起来吧？等我回过神来，已经到了教学楼前。我慌慌张张奔向教室，去找森下。假设森下看到了这些内容，假设他已经知道你杀人的事实，他会怎么办呢？他已经杀掉两个人了。

"啊，今天身体已经好了吗？"

我回过头，见渡濑站在那里。嗯，我点点头，留意到她手中拿着一件东西。

"啊，这个吗？是导览手册，明天要用的。给，这是山城你那份。"

翻开渡濑递过来的小册子，上面手写着全体组员的名字。的确，我跟森下、渡濑，还有青山、田江田在一起。

"哦，对了，我跟你介绍一下田田哦。"

是了，渡濑口中的田田，一定就是田江田吧。她凑到某女生面前说了点什么。那女生扭头看向这边，见到我的瞬间立刻转移了目光，显然挺讨厌我。

"山城，明天开始田田会和大家一起旅行。好啦，田田，打个招呼嘛。"

"话说了，为什么我就非得跟这个家伙一起活动啊？凑不够人数的话，就叫阿和或者谁加入不是也很好吗？"

田江田貌似并不能接受我成为组员。而此刻，森下也仍未到校。

"可是，森下他啊……"

"森下君也是莫名其妙啦，干吗非得跟这家伙一组。哦，同情是吧？这家伙不是一向都独来独往的吗？"

"哎呀，田田，这样说可就过分啦。"

而渡濑，也一直跟着一起笑。是啊，我所认识的渡濑，原本就是这样子的。是我不知不觉间，将电车上遇到的那个渡濑，当成了她这个人的全部。

"反正呢，你小子不要跟我讲话哦。"

田江田撂下这句话，立刻回自己座位去了。渡濑大概也忘了自己刚才还在一起笑，二话没说，跟着田江田走掉了，说是要向田江田打听今天提交作业的事情。其实可以来问我啊，我心里想。

"早上好！"

此时，耳畔响起一个熟悉的声音。森下走进了教室。还是老样子没有变。不过，他只跟我一个人打了招呼。以往，他可是逢人就会问好的。早上好，我嘴上答应着，但远处田江田一直盯着这边的动静，弄得我很不自在。

"昨天你怎么了？"

问这话时，森下依旧笑容满面，对我没有一丝一毫责备之意。我答不出话来。又不能说，因为初次目睹了你杀人的场面。不，就算我回答了，他真能理解我的话中之意吗？谁知道呢。

"明天开始咱们就一个组了，多关照啊。"

于是，我跟森下今天也不得不一起回家了。

早间、中午和傍晚，森下始终是独自一人。青山也好，渡濑也好，谁都不来跟他说话。田江田虽也时不时望着他，却并不跟他搭腔。昨天，或许发生过什么。放学后，在去找森下之前，我立刻先找到了渡濑。才刚刚放学，她已经动身要去补习班了。

"什么？哦，你说田田？"

森下被大家回避的理由，或许来自前天的那场纷争，但我不理解，怎么会把田江田也卷入其中。

"田田她昨天，对森下……"渡濑一脸难以启齿的表情。

"行啦，你就说吧。"我催促道。

"嗯，田田呢，跑去对森下说，不要把山城拉到我们组来。然后，森下就怒了。"

又来？这小子又怒了？可发怒这种事于森下来说……

"是啊，森下从没发过脾气。可前天到昨天，他却一直有股无名邪火。所以我就觉得，既然森下宁可闹别扭，也非要跟你一组，那就把你拉进来，也没什么不好吧。"

那么，言下之意，接下来就由我负责照管森下咯？

然而，这句话我却并不打算说出口。只是莫名感到极其屈辱。哪怕撒谎也好，我希望听到渡濑说，她乐意跟我一起旅行。她是想把森下推给我，然后自己好跟青山约会吗？拼命忍住质问的冲动，我嘴上却说：

"就只是这样啊……"

"不好意思啦。"

不知为何，渡濑的这番解释，听起来却似乎是看透了一切之后的说辞。

总之，田江田是被森下的怒火给吓到了吧。所以才傻兮兮不敢上前搭话。从教室里的气氛来看，其他同学也都目睹了一切，平时对森下花痴不已的那群女生，纷纷被震慑了。大概都觉得，森下君出什么事了？心情不爽吗？还是不要说什么不得体的话去触怒他，乖乖等他平静下来好了。这间教室，仿佛甜甜圈一般，我从老早以前，就对它一清二楚。毕竟，任何时候，我都是独自陷在空洞之中的那个人。如今，森下也置身洞中了。不过，森下是自己跳进来的，硬生生扯断了身后牵扯的女生们恋恋不舍的爱意。所有这一切，都是为了你。

渡濑一脸难堪之色走出了教室。我能感觉到，森下也恰好正向我走来。慌慌张张回到座位去取书包时，森下冲我招呼：

"回家吗？"

我发现自己并没有拒绝的权利，便点点头。

"感冒了？"

出了教学楼，走向校门时，森下问道。我姑且点点头。

森下笑道："注意身体。"

我心说，这小子在教室里却一副不苟言笑的样子。

"森下，那些照片……"我嗫嚅道。

"哦，你是说真实酱的日记？"

嗯。看了那些照片，我担心那种所谓"不堪入目"的景象，会不会给森下留下什么刻骨铭心的阴影。谁知，森下却说：

"我心想，你会不会也想要呢。那些日记……简直是最棒的粉丝福利了。我挺理解冈山那家伙的心情。说真的，他原本想把日记偷回家的，只不过考虑到肯定会出问题。那本日记，也不知真实酱是怎么处理的，埋起来了吗……"

为什么这么说？

"你想嘛，假使警方早已发现，就不会把真实酱的案子拖延这么久了，毕竟是决定性的证据啊。"

森下是这么说的。但我却不解其意。我不懂森下这么说意味着什么。毕竟如此一来，假设森下接受了日记里写的都是事实，那岂不是说明你真的杀了人，阿裕果真是被你杀害的？那么，我们也就无法继续认定你的无辜了吧？

"杀了人的真实酱也是可爱的，我喜欢她，希望尽早把她解救出来。假使她是无辜的，那意味着还有真凶存在，反而让人有点不安呢。"

森下告诉我，你是真正的杀人凶手反倒更好。

我无法理解森下的话里之意。想必他已经读过日记，你跟阿裕或者谁交往的事情，以及拍过不堪入目的写真，受到勒索后杀人的事情，他应该全部知情。然而，他依旧笑容满面，声称即使如此也愿意帮你脱罪，要为你去杀人。他发自内心希望自己能代替你，成为杀害阿裕的犯人。尽管如此，他很清楚，假如自己真被捕了，也得不到任何机会与你做爱，与你亲吻，他很清楚，自己并不会得到你爱的回馈。

"我倒并没有爱上真实酱。"

森下如是说。

"人家真实酱是偶像来的嘛。"

他说。

"所谓偶像，就不是恋爱的对象吧。"

不明所以。我感到周身如被凌迟，手脚沉重如遭捆绑，五脏六腑翻江倒海，一阵恶心。森下，你没问题吗？你，没病吧？这太恶心了。你究竟在说些什么啊？这份感情，要去向哪里？你啊，究竟要将它投向何处？

"我想尽快帮真实酱脱罪，我们一起加油吧。"

而我，无法理解森下的这番话意味着什么。他到底在想什么啊？到底是怎么看待你的呢？用一种近乎崇拜的目光仰视着你，口中呼唤着你的名字，然后说，甚至可以为此去杀人。说这并不是爱情。说你仅仅是他的偶像。我能明白前两种感情，却唯独不懂森下的那份心境。那种情感，在我的认知当中并不存在，哪里都不存在。森下，如同站立在一个扭曲的时空里。

　　"阿裕是个和我们同龄的男生，所以接下来也该考虑杀个男的，否则比例不够均衡。"

　　森下在物色下一名受害者。

　　"接下来，我必须杀个关系比较亲近的人，让警方意识到我才是凶手。其实，假如能把冈山杀掉，性别比例就均衡了……况且，那家伙手里有我的联络方式，也很容易暴露我的行迹。"

　　而前天杀掉的那个少女是怎么处理的呢，森下对此未置一词。我虽说并不想打听什么，却依旧鼓足勇气开了口：

"森下，那个女孩你怎么处理的？直到现在还没有新闻报道。"

"今晚会去把她分尸啊。因为明天就要修学旅行了，不想出门在外还惦记着到现场查看，所以今晚动手正合适。"

穿着白色袜子的足底，被森下按在身下的，死去少女的足底，我仍旧记得分明。仿佛被碾死在地面的一只毛虫。我回忆着当时的心情。不知那个女孩，是在我离开之后死去的，还是当场死去的。我不愿想象。也不想知道森下接下来会对她做些什么。眼前这个人，对这些事，抱着全无所谓的态度，仿佛在说他早已对此兴味索然，开始讨论着如何杀下一个人。

森下，不是打算要杀青山的吗？

"嗯，是有这个打算。"

尽管如此，我一句话也说不出来。我说不出，算了就放弃吧，不要杀青山了吧。

森下随后马上跟我道了再见，好像这一切无须讨论、理所当然，而接下来也没有什么行动计划。我也立刻回家去了。

　　翌日，当我到达修学旅行的校园集合地点时，青山已经跟组员们并排站在一起——他、渡濑和田江田。只有森下还未报到。

　　"早上好，山城。"

　　唯有渡濑向我道了声早安，我却没有心情回应。青山人还在这里，没有被杀掉，我显然感到有些沮丧。青山连瞧也不瞧我一眼。本来跟他就没好好说过什么话，就算他死了，我也觉得无所谓。渡濑立刻回到了青山身旁。我只是对此感到不爽。

　　"早上好。"

　　这时，森下来了。手中拎着大大的袋子，脸上带着一贯的笑容。与此同时，几个摆弄手机的同学开始交头接耳，议论起一桩新闻：

　　"听说又有人死掉了呢！"

　　据传，在某个能量地又爆出了连环杀人事件。

"怎么，山城，你的行李真少啊。"

森下看看我的行李，惊讶地笑了。接下来，他也不跟青山等人打招呼，就蹲在了我的身旁。直到出发之前都不打算理睬青山了吗？就只跟我讲话。对田江田也不……我忍不住问了出来。

"嗯？"

"你不跟田江田说话 OK 吗？"

"没事儿，平时打交道挺麻烦的，正好乐得清静。"

森下爽快地丢弃了过往的交集。

旅行目的地是京都。据说，计划乘坐新干线到京都站，先把行李放到旅馆，吃午饭，然后全体成员坐巴士参观清水寺和金阁寺。接下来回旅馆，用餐，泡澡，就寝。唯一跟小组有关系的，就是乘巴士时的座位安排，我跟森下一直被分在一起。耳边能听到田江田和渡濑爆发出白痴的笑声，以及渡濑对青山娇嗲的说话声。明显能感觉到青山的无聊。

不知你是否去过京都，不过，我感觉十分无趣。

所有的寺庙我以前都跟父母一起参观过，而且至今也搞不懂它们到底有什么观赏价值。非要去的话，也想等老了再去啊。从巴士的车窗，可以看到老旧的街景、呆立在街头的中年大叔，以及连身西装也没穿走在路上的男子，我对这样的人最有共鸣。森下非要杀人的话，干吗不杀了这种家伙，反正也没什么可惜。可同时我又觉得，自己大概也会变成这样的大人。夕阳的光线不断变幻，交错着照进我的眼底。

"好无聊啊……"

森下用我能听见的声量嘟囔道。那是因为啊，你跟大家全都闹翻了嘛。说是这样说，森下似乎并没听懂。他歪歪头，不解地问道：

"可是，此刻有你跟我在一起啊。而且，你一向也觉得这么无聊吗？"

对于接下来我会怎么回答，森下似乎只是纯粹感到好奇。凝视着他那双神采奕奕的眼眸，我想，这个人，即使面对着那个中年男人，大概也不会有任何感想吧，并不会想要把他杀掉试试。或许，只是或许，除了那些活得轻松快乐的家伙，森下并不懂得其他任何人。

"无聊啊。"我答。

"为什么？"森下问，"那么，你其实可以试着改善啊？"

我很清楚森下说得都对，所以，眼泪夺眶而出。

众人的话语声都很遥远，听不分明到底谁是谁。森下的声音也混杂于其中，无法辨别。

"哇……真的假的！这小子哭了？"

"呃？拜托，老师——"

"山城搞什么？别破坏气氛好不好？"

"被京都的美景感动了？笑死人。"

众人议论纷纷之中，只有一个声音，如针芒刺向我的心神。

"你怎么了？山城，晕车了吗？"

是渡濑。渡濑。探身过来盯着我的脸。我刚想说不是晕车，又把话咽了回去，点了点头。晕车，就让大家这么以为好了。

"老师，山城君晕车了。"

在渡濑这句话的引导下，同学们的议论声平息下去，班级委员唤来了老师。

"山城没事吧？"

我点点头。这场骚动，显然起因于最开始时森下的一声惊呼："咦？你哭什么?！"不过，森下并没过来安慰什么。大概，只是大概，渡濑也明白我并没有晕车。她接过老师递来的呕吐袋，塞进我面前座椅的背兜里，然后递给我一条手帕，小声交代：

"用这个擦一下。"

她很明白，我哭了，我只是哭了。她如此心知肚明……然而我连一句道谢的话也说不出口。

当晚，回到旅馆，用餐完毕，大家依次去洗浴。我刻意避开森下和青山的洗澡时间，进了大浴场，一直坐在台阶下方的长椅上摆弄手机。时不时有同学打我面前经过，可谁也不来理睬我。大多数同学都在泡澡的这个时段，要是待在房间里，恐怕就不得不和哪个人独处，这让我感到发怵。

"咦？山城。"

这时，渡濑独自一人出现在我面前。她不是跟田江田结伴去泡澡了吗？

"田田她，不晓得为什么，说跟森下有话要谈。"

哦？

"该不是要告白吧？差不多也到火候了吧。"

"渡濑，你不介意吗？"

我毫不尴尬地问出这句话来。渡濑却只是笑盈盈的。

"坐你旁边OK吗？"她在我身旁坐下，翻开单词本，"在房间里学习，恐怕田田会嫌我不识趣。"

我想说，这种事，用不着在意，但我也很清楚，渡濑始终、一直都细心关照着我懒于表达的感受。正因为她的善解人意，我流泪的事，才会被大家解读成"晕车"。我能感受到她细致入微的体贴用心。渡濑不再吭声了。大概不想跟我聊天吧。学习的进度不错。

"咦，山城？"

"我要回房间了。"

我只是不甘心赌气说出了这句话，然而，她甚至并未挽留一下。

回到房间，只有森下坐在那里。而且坐在窗边的椅子上，凝望着窗外。森下，我唤了一声。但他似乎一直在沉思着什么。

"森下，放弃杀青山吧。"

我走到他面前，避开与他的目光接触，说道。这句话，当真是突然浮现在我脑中的，一个念头，坚定到连追问它的理由都有嫌冒失，直白到如同我的心思本身。所有我要说的，都在其中了。仅此而已。此刻，渡濑正在读她的单词本。

"好啊。"

森下答应了，却并未解释理由。

他和田江田谈得怎么样了？两人都说了些什么？就算是拒绝了对方的告白，又是怎么拒绝的？此刻，其他室友也没有要回房的迹象。别组的几个家伙和青山也被分到了这个房间，不过，他们似乎都去泡澡了。泡澡出来的时候，青山会跟渡濑在那里碰上吧。渡濑会向青山告白吗？

"还是杀个什么人吧。"

森下一直在考虑这事。我感到喉头阵阵焦渴。燥热如同夏日。如同置身沙漠。大概因为泡过澡的缘故吧。要是买盒牛奶回来就好了。大概吹风受了凉，头也痛了起来。

"不杀青山的话，那就渡濑？"

"渡濑也不要杀吧！"我脱口而出。

"那……"

对了，就杀田江田吧。杀田江田挺好的。我口中吐出这样的句子。我的的确确是这样想的。显而易见。

"好吧。"

森下直视我答道。他大概对此没有任何感想吧。这一点我很清楚。仅仅如此，我也感到安心。

心跳声停不下来。在我眼中，浮现出一只只穿着白袜的足底。它们排成排，像要将我碾碎。这是我的选择。是我提出要杀掉田江田。我的提议。我明白，此刻必须马上告诉森下，告诉他不要这样做。

阳光，照进窗子，大家陆续醒来。听见森下和青山的声音，我磨磨蹭蹭起了床，刻意避开与他俩有目光接触，去洗了脸。

第二天下午是自由活动。以京都站为圆心，以小组为单位，在市内随意逛逛。我组依照渡濑的提议，决定去参观哲学小道。

"青山是准备报考京都大学的。"渡濑小声告诉我。

那渡濑呢？即使不问，我也知道她打算去东大。

"所以呀，我想让他去呼吸呼吸京大附近的空气。"

她这番心意，青山恐怕并不知道吧？在素朴的银阁寺里，他脸上挂着厌倦的神情，嘴里塞满了点心团子，丝毫没有意识到自己正身处京大附近吧？接下来，我便发觉森下完全不来跟我讲话了。反而是田江田，一直待在森下身边。我对总是一个人独处感到并无所谓，对集体活动时像累赘一样跟在队尾也习以为常。然而，森下的冷漠，却比平日里的冷遇更让我心刺痛，连浑身的皮肤，都能体会到那份拒绝。

"你怎么了，山城？"

渡濑甚至顾不上操心青山，接连问了我好几次。而我每次都答说没事。但渡濑大致是清楚的吧。所以非常体谅地来跟我搭话。青山时不时往我这边瞅一眼。

"你不去陪青山 OK 吗？"我用青山听不到的声量嘀咕道。

"哦？要去的。不过，山城你呢？"

嗯……

"你跟青山处不来？"

不，倒不是介意这个啦。不如说，是因为森下不理睬我……

"森下今天就让田田一个人独占吧。作为替补，我来陪你说话。"

太突然了。我错愕地抽了口气，渡濑并未察觉。为什么？见我一脸问号，渡濑面露难色。

"你没听说？他们两个，决定要交往了。"

并没听说。我不知情。也不明白。为什么？森下，为什么？

　　"所以啊，我想让他俩今天单独相处……"

　　渡濑的话我已充耳不闻。青山极其稀罕的，招手叫渡濑到他那边去。我盯着眼前的一切。森下和渡濑分别代表的两对小情侣。我盯着他们。目不转睛。我依然是孑然一身的我。

　　当晚，以及次日，我极力放弃了去跟森下和渡濑搭话的念头。接下来基本上不再有小组活动，而是全班集体出行，这倒也方便。只要我保持独处，即使是旅行途中，也跟在教室没有区别。我一直欣赏着风景。巴士即将进入大阪了。

　　到大阪后参观了水族馆，买了礼品，回程时，我虽跟组员们同座，却始终缄默不语，既不觉惋惜，也不觉寂寞。我变成一块铁板。森下也好，渡濑也好，不知他们是否在意过，但时间的流水熙攘而逝，他们也身在其中。

返校后，我立刻回了家。当然不会等森下一起。甚至不知森下是否看过我一眼。我心想，一切与以往没有任何不同，将礼品点心"生八桥"[1]交给老妈后，就睡成了一摊烂泥。

老妈的说话声、脚步声、关门声，以及孩童的喧闹声、鸟鸣声……晨光再度平滑地涌入室内，我依旧沉睡。今天，应该是学校的换休日。

"吃饭啦，起床吧！"

尽管如此，我还是被老妈喊醒，下了楼，见餐桌上摆好了法式吐司。我口中嚼着面包，眼睛盯着电视。播的是艺人八卦。

"听说又出人命了。"老妈一边给我倒牛奶，一边讲。

什么？

"就是那个嘛，连环杀人案。跟你同班的，叫什

---

1 八桥：京都最具代表性的名糕点之一，主要原料是米粉和砂糖。按照制作方法，可分为未经烘烤的生八桥、经过烘烤的八桥及内里填馅的带馅八桥。

么……田江田？"

我耳朵里充斥着某女星跟某男星约会，或谁谁闹离婚的绯闻。

"刚才学校那边发来的消息。"

老妈如是说。但我却什么也说不出来。老妈似乎也不愿给我过度的刺激，没有进一步透露更多。

我开始畏惧电视新闻，之后，一直在看旧录影带里的节目。找出上个月刚完结的剧集，从第一集开始依次看起，恰好是由方才绯闻里出现过的男女明星共同出演。随后，老妈为我端来了午饭。

"那个杀人案，看来之前那个女孩，果然不是凶手啊。"

老妈说，你是清白的，综艺秀里此刻正讨论这个话题。不过，我却提不起兴致去看那个节目。

"希望早点逮到真凶啊。"

没有森下发来的消息。

我望着手机。

我想问问他，不是出于我的提议，他才杀掉田江田的吧？但假如得到的回答并非我期望中那样，该怎么办呢？我不知道。森下此刻在做什么？他喜欢田江田吗？我不知道。莫非他喜欢的不是你，而是田江田？难道他们彼此喜欢着对方？尽管如此，依然对田江田下了手？是由于我的提议？是为了帮你脱罪？森下恨我吗？他会觉得杀人的其实是我吗？对他来说，你、我、田江田，到底意味着什么？是什么都无所谓吗？我们全都什么也不是吗？

"干吗？"

我拨通了森下的电话。

"能见个面吗？"我问。

"可以。"森下答。

我俩约在我家附近的小神社里碰头。

森下身穿牛仔裤和T恤衫出现了。虽说离这里有一段距离，他似乎还是走着来了。

"怎么了？"

"嗯……之前我听渡濑说，田江田跟你告白了？"

"啊，这事你知道？"森下羞涩地笑笑，脸颊泛起红晕，"什么嘛，怪难为情的。就是在京都住的那晚嘛，我被她喊出去了。"

然后呢？

"我就说，那好啊。"

森下笑着。笑得羞涩。而我，之后什么也说不出来。

"反正我是无所谓的嘛。既然无所谓的话，那或许也算喜欢吧。我就答应她说，好吧。哦，你看新闻了吗？"

我摇摇头。

"田江田，我把她杀了。"

像是提到某个毫不相关的人，森下气息平静地说道。

呃，这……

"很好杀哦。"森下笑着。

"还差一个人了，"他口中喃喃道，"再杀一个，就刚刚好。因为啊，我把尸体摆成了星形嘛。正好，杀掉五个人的话，从逻辑上就说得通，被捕的时候，律师也比较容易解释，就说是期望召唤恶魔降临。所以照这个打算，五个人。"

已经够了吧。毕竟，连我妈都开始起疑了，也足够了吧。我想这样劝说森下，却发不出声。田江田死了。是我唆使的。是我向青山提议，让她替代青山和渡濑。我明白。唯有这一点，我很明白。我逃掉了，从那双穿着白袜的足底逃开，逃啊，奔跑着逃进电车，而我这个逃跑者，此刻却身在这里，在这里听森下讲述田江田死去的消息。我既不曾掐住她的脖子，也没有喂她毒药，但田江田却因我而死。我明知森下是那样一个家伙，仍然提出了田江田的名字。

你喜欢田江田啊？

"算是吧，她挺可爱的嘛。"

从她告白之前就喜欢了？

"这倒不清楚，不过我挺开心的。"

森下说出的每个字，都在我心里咔嗒咔嗒地颤动。我开口想说什么，又咽了咽唾沫，感到眼睛颤抖，心脏跌落，皮肤似乎撕开了大大的破洞。那名死去少女的双脚，踏穿了我的身体，而后骨碌碌旋转着，要把我碾成两半。田江田盯着我。死死瞪视着我。我被撕扯成两截，骨碌骨碌，抛到空中，从天空俯瞰着城市，看呀，遗体被发现的现场，那些能量地，从空中望去，嘻嘻，看起来是星形的，哦不，不像星形，只是四方形。看呀，普普通通的四方形在扭曲变形，在城市中不停旋转。我的心、肺、胃、背骨……所有诞生于老妈，被老妈疼爱和珍视的骨头、脏器，都裂成两半，飞向空中。森下，我，森下，我啊……

"哦，山城，说起最后要杀的这个人，你能把我杀掉然后分尸吗？"

森下突如其来冒出这样一句话。

假如是你，听到这种话，会有什么想法？哦，我就只是随便一问。反正，我简直怀疑自己是不是听错了，冲口而出道：

"与其那样，你不如把我杀掉算了。"

森下一脸为难之色。

"唉，森下啊，毕竟你要是死了，就等于嫌疑犯死亡，就很难再去解救真实酱了啊。"

我连珠炮似的数落着他。

而森下回道："但比起死掉，绝对还是被捕更轻松吧？你又未成年，你想嘛，我已经帮你事先预备好了说辞，很容易用召唤恶魔降临作借口，那既然这样，我会搞一本诡异的犯罪笔记什么的，巧妙地当作你辩解的理由。"

好心而温柔的森下。比起那个阿裕，你更应该跟森下交往。我注视着森下：

"但是不可以啊！森下，我做不到！我从没杀过人。"

森下答："我来教你，不止教你怎样搬运尸体而不暴露行迹，还教你之后该怎么巧妙周旋，让警方抓到你。"

他还建议说，最好在尸体旁边精心布置几张沾有你 DNA 的纸巾。我大叫：

"不行！毕竟这样做，难度也太高了吧！我可做不到去杀人什么的，这太可怕。况且，是真实酱杀了人吧！说到底她才是真正的凶手吧！所以，我根本不可能做到像她那样。而且，真实酱对我，也没有一星半点的好意，只不过把我当作不起眼的蝼蚁之辈，从不会留意我半分，只会自顾自地生活下去。对于我的被捕，内心也生不出一丝一毫的怜意。我只是个平凡的普通人，明白吗？和森下你，和真实酱都不一样。我不可以杀人的啊，森下！"

"什么嘛，原来你并不希望真实酱杀过人啊？"森下问。

"当然吧！"我答，"毕竟那样做，也太悲哀了吧。我是靠着对真实酱的轻蔑而活。明明没有成为顶尖偶像的资质，却拼尽全力地活着，拼尽全力地磨炼舞技，她这份顽强生存的劲头，足以得到盛赞。可是，假如她杀了人，我就没法再夸赞她好顽强啊，好努力啊，毕竟，她一点也不柔弱，和我根本不是同类……"

"也就是说，你希望真实酱始终勤勤恳恳地活着，不要去做杀人这种事，而要一直努力下去，所以，你对她感到很失望？"

森下攥住我的肩膀问道。我望向他的眼睛，不知该如何作答。

"山城，你没问题的。别再自欺欺人了，说什么自己瞧不起真实酱。别再这样菲薄自己了。真实酱是个杀人犯。不必再去包庇这一点了。就索性说出来吧：真实酱做错了，因为她的缘故，你感到很失落。山城！"

待我察觉时，发现自己注视着森下的双眼。他也深深凝望着我。这小子，对于你杀人这件事，不知究竟是怎么想的。但我明白，他为此深受伤害。接着我意识到，自己也伤痕累累。而森下呢，他意识到了吗？虽说他从未掉过眼泪，但其实已被深深触痛。尽管如此，他仍竭力试图拯救我。向我伸出的手，我很清楚，沾满了血污。千疮百孔，血肉模糊。而这一切，都是为了你啊！这小子，根本不想去杀人的啊！想必也不懂怎么去下手。这小子，所作所为，皆是为你，全都怪你！只因你杀了人。然而，虽说如此，我依旧喜欢你。森下这小子亦是，一直深爱你，盼望有那么一天，管它是谎言也好，奇迹也好，侥幸也罢，你能够站在武道馆里演出。我们，两个无法像你那样努力，如你一般拼命的家伙，始终怀有这样的梦想。

"对于喜欢的东西，并没必要一直钟情到底，尽可以对它感到失望，也可以移情别恋。话是这么说啦，不过，真实酱原本就是遥不可及的偶像嘛，我们即便喜欢她，归根结底，也不等同于真正的恋爱。可爱的女生，很多的嘛，除了她以外。"

森下的声音，冰凉如水，渗进我的心间。有清泉涌出。我欲将那泉水掬在心中，永远留存，为此，甚至不愿流下一滴眼泪。而我知道，尽管如此，泪水仍汹涌不止。

"懂了。我不去物色下一个要杀的人了。就按山城你说的去做。"

森下低声道。

我喜欢你。不管多么卖力，都只能秀一秀谈不上出色的舞技，歌也唱得马马虎虎，但我喜欢拼命进取的你。总是心急火燎攥着一把汗，从旁注视着你，努力，再努力，直至获得了今天这样的成绩。可爱的女生，要多少有多少。但对我来说，可爱的却只有你。然而，感受你的可爱，赞赏你的努力，会不会变成对你的一种侮辱呢？自己是否能把你当作一个人，一个真真正正的人，而非什么偶像、虚构人物或宠物去爱呢？我深感惶惑。我不愿自欺欺人。自己究竟有没有权利去赞美，去倾慕你的生存方式和你勤奋的姿态呢？一无所有的青春，除了注视你以外，我别无寄托。然而，即便如此，也无可奈何。甚至，不管你拥有怎样的生活、怎样的人生，都无关紧要，我只愿为你那份努力，奉上源源不竭的爱意，仅此足矣。假如，我内心之中真的有爱这种东西。

我喜欢你。仅仅只是可爱而已的你。可爱的、独一无二的你。我不知你会拥有什么，为什么开心而笑，也不知接下来你获得释放，重归清白之后，是恢复偶像的身份呢，还是会死去、痛苦、悲伤，抑或仅仅把我当作一名普通的受害者，去鄙视森下。我喜欢你，并未恨过你。说真的，我希望你能骄傲地宣称，自己作为偶像付出了努力，不断攀登向上，无论失败或成功，至少走到了今天的高度。我不需你道谢，反而，我要向你的可敬姿态道谢。我要对你说声感谢，让你因此为自己付出的艰辛、做出的努力至少有一点点庆幸。你的微笑、辛劳、汗水、眼泪……它们源源不断地积累，方才成就了你。即便在此刻，也足够我道一声：谢谢，我喜欢你。

森下代替你，承受了所有罪责。明日，据说他会前去自首。而我，当这封信抵达你的信箱，你获得了释放，并读到它的时候，我大概已不在人世了吧，被肢解成一截截，摆放在某个能量地。对此，你或许不会有任何感想，又或许只觉得我可怜，认为我是个倒霉鬼，被一个名叫什么森下的脑筋变态的家伙给杀掉了。这倒也好。请你不必深想地，继续活下去吧。长长久久，无远弗届。我之所以写下这些，只因为你可爱，因为你是我可爱的偶像。我不会说自己因你而死。也不再轻视你。你会成为光芒万丈的偶像。请务必成为某天被所有人感谢的偶像吧。我去下个地狱。在地狱里，继续声援你。

山城翔太

正确的季节

8 月 14 日　晴（东京：雨）

　　以前，我曾读到过一段文字，记不清是英文还是现代白话文了，说 17 岁的少男少女，会变成"非人"的存在，不再属于"人"，将化身星辰或野兽。如今，距离那件事发生已经两年过去了。在我看来，那两人，一个是星辰，另一个就是野兽吧。而唯有对我自己，直至现在，我也没有丝毫了解。

　　大概没有几个人的 19 岁，会拥有"同班同学是连环杀人犯"这种青春经历吧。在大学里相识的友人，大都活得认认真真、一本正经，经历的恋情或友情，也不过是从漫画里复制过来的一个微微缩水的"劣质版"。而我对既往经历的讲述，也会遵循这个原则，绝口不提自己最亲密的好友，是被同班同学杀害的。姑且呢，我并不想破坏气氛。

"大学生活过得怎么样？"

夏日的故乡，所有的一切如同着了火，燃烧，融解，融为一摊柏油，化成一条河流，似乎半截都沉入了大海。今天，我也没穿漂亮的连衣裙，只胡乱选了身牛仔裤和T恤衫，化了点淡妆。我面前的他，似乎为此稍稍安心了一点。

"还可以吧，普普通通。"

"是吗。你好久没回来过了，我想，大概过得挺开心吧。"

望着眼前这人，我想，自己或许永远也不会把他介绍给社团的伙伴，或打工店里的前辈吧。他是杀掉我好友的某个同学的好友——这种话，我是不会讲出来的啦。再者，他是我曾经喜欢过的人。

"怎么？你一直在等我？"

"那倒也没有。"

其实本来，无论他还是这座故乡的街区，我都再也不想见到了。

在读到那篇报道之前。

"你为什么要那样讲呢？"

眼前的人是青山。自打小学那会儿起，就一直与我同校。他是从哪个时期开始注意到我的，我不清楚。不过，我对他却一直十分了解。经常见他为了别人的一句什么话，就开怀大笑。

"因为人家问我了。"

对于我的质问，青山如此回答。那篇报道。报道。太过分了啊，青山回应某周刊采访的那篇文章，我是上周读到的。连环杀人犯、疯狂的17岁、少年A，哦不，我和青山都叫他森下。喜欢抹茶芭菲的森下。身为班级红人的森下。我对他的事情，也一直十分了解——从小学时期起，就性格随和，受人欢迎，长得帅，跑步快，成绩优异……

"森下性格好，受欢迎，长得帅，跑步快，成绩棒……这些话，根本没必要去跟记者讲好吧！"

我冲青山怒吼。

"对不起。"

"对不起？对不起什么？"

"对不起那些受害者……你很希望我这样讲对不对？"

"没错！"

"可是，渡濑，这并不是你内心真实的想法啊。就算对不起受害者，也跟你没有一毛钱关系啊。你不爽的，其实是我吧？不关人家受害者什么事，是你本身就看不惯我的态度吧？"

"不对，才不是这样。"

"就是这样。"

此刻，汗水凝成颗粒，从我的脸颊滑落。我用手帕擦拭着，视线越过手帕望向青山。青山也直直凝视着我。一笑不笑。而他明明是个一贯面带笑容的人，哪怕是敷衍欺骗，或心存蔑视。清早，我往青山高中时期的手机号拨了个电话，运气不错竟接通了，便约他午间在此见面。此处是高中旁边的一家小咖啡店，此刻只有店长婆婆和我们两个客人。空调风很凉，但我胸腔深处，却悬着一颗火热的太阳。当我拖着滚烫的躯体，穿过自动门，望见青山孤零零坐在桌旁的那一瞬间，我曾诧异，他原本就是这样一个面无表情的人吗？

"要是讨厌我的话，就直说好了。你不一向是个爽快人吗？"

然而在青山口中，似乎我才是那个有所改变的人。我心想，到底是谁变了这种事，根本无所谓好吧，追究这些又有什么意义呢？但我的想法，于他毫无意义，他的想法于我也毫无意义。

青山最要好的朋友，据说从小学时代起一直就是森下。说实在的，亲密好友是杀人犯什么的，这种事根本难以想象。反之，青山应该也很难体会，自己好友被同学杀害的我，究竟有怎样的心情。至于森下的心情，那就更加、更加无从知晓了。杀掉五个人，并将其分尸，据说动机只是想要吸引自家爱豆的注意。这种行为，即使想象一下都属于禁忌吧。青山在森下自首之后的好几天里，都没来学校。听说他作为杀人犯的好友，曾被警方传唤，接受了各种各样的询问，但自那以后好长一段时间都未曾到校。根据随后从警察那里得知的消息，"身为好友的青山君，对案件毫不知情。"正因如此，出于谨慎，警察才又传唤了我，听取了我的陈述。由于我要上补习班，所以尽量只在周六日或没有模拟考试的日子到警局去。

"你跟森下君，从过去起一直关系不错吗？"

"小学的时候倒没怎么来往。中学二年级跟他一起加入了班委会，说话的机会才多了起来。"

"山城君呢？"

"哎？"

最后一个被杀的山城，我虽觉得他很可怜，可一旦被警察问及，却瞬间失语。突如其来的一记重击。其实田田也是被害者，并且与山城不同，田田是我的密友，这种情况，只要对班级内的人际关系稍有调查，立刻就能掌握。然而，警察为什么一上来先问起山城呢？为什么这样问呢？对此我冷静地思忖了一下。对我来说最痛苦的，按理应当是田田的死吧。是的，我发觉了。自己在对生命的重要度暗暗排序。是的，我意识到了。眼泪瞬间干涸。

"我们听说，山城君，在修学旅行的时候，是你把他编入小组的。"

"啊啊，是森下说，希望跟山城在一起的。"

大脑仿佛变成了心脏，心跳声近至可闻。耳朵背后阵阵抽搐，是耳鼓的颤动。在这群大人面前，我必须冷静、正确。深呼一口气，闭上眼睛，我立刻调整好了情绪。

"他们俩，从以往关系就不错吗？"

"不清楚呢……不过，最近山城和森下放学时总是一起回家。"

"也就是说，两人突然之间走得特别近？"

作为森下来说，这种事，倒也不算稀奇。在我看来，森下对所有人都态度温和，不管对谁都是同一副面孔。所以，即便突然跟山城玩在一起，也就像风突然从南边刮起一样。他不像我，从不偏心任何人。

然而，这种事，对刑警大叔来说，恐怕很难理解吧？

"你知道他俩为什么突然关系好起来吗？"

"其实也没什么特别的理由吧。"

"那不太可能吧？"

"顺便问，你知道森下君追偶像的事情吗？"

"……不知道。"

"那山城君呢？"

"我跟山城没怎么说过话，所以……"

这位警察莫非认为，山城君光看外表就知道是粉爱豆的那种男生，所以在向我打探？假如是的话，也太无耻了，不是的话那就另当别论。虽然知道自己态度恶劣，但我还是噘起了嘴。山城的爱好什么的，我不清楚。就算是森下，虽说从老早以前就认识，我对他也没太多了解。

上小学那阵子，森下和青山经常吵架。倒不如说，青山总是单方面朝森下撒气。打上小学起，这种事就频繁发生，什么森下毁约放青山鸽子啦，或者森下在青山不知道的情况下跟其他同学一起加入修学旅行的小组啦，净是以这种女生闹别扭一样的理由开场，结果以青山单方面动手打人而告终。反过来说，青山一向也有单方面毁约的坏毛病，对此，森下却总是一笑置之。两人对关系的重视程度，原本就不平衡。而且，我们大家都觉得，能让这种扭曲的关系得以存续的青山，必定是森下最最要好的朋友吧。就连青山本人，想必也是这么以为的。然而，只有森下自己不这么认为。不知为什么，这件事犹如一张紧紧缠裹肌肤的膜，在我脑子里左奔右突。

"森下他……"

"哦？"

"跟每个人都能处得很好。"

不知我当时，是以什么样的表情说出这句话的。也没有镜子可以照一照。说起来，邻居家的姐姐曾经告诉我，人在说坏话时，样子特别丑陋。即使我眼皮低垂，也知道面前的刑警闻言而稍稍向前探了探身子。

"你这话是什么意思？"

"森下是个好人。"

这种信息，大概不足以被媒体拿去四处宣扬吧。也没有任何第三方知情。但是，我们，森下的同班同学，大家在调查取证时全都这么讲。即使不挨个去跟每个人对口供，我也清楚。

"好人"这个词，大概只有我们才认为，它是个无条件的纯粹的褒义词。是啊，被大家一致称赞为"好人"的家伙，一旦杀了人，倒不如说，反而更加凸显了他的"异常"。我们谁都没有一丝一毫追究森下罪责的意图。尽管如此，刑警大叔却要求道：

"请说得再具体点儿。"

"再具体？关于什么？"

"你说他是个好人，是基于什么事情，你才这么想的？"

"不，倒也没什么理由，就平常意义……"

"是说他表面是个好人？或者只是说，他嘴巴特别甜？"

"……"

把森下描述成一个恶人，十分简单。森下从不讲任何人的坏话，也不会对他人的行为粗鲁地加以叱责，他从不干涉，态度宽容。但这些特质，也可以定义为冷淡或漠然。

"你是说，他这人很冷漠？"

"……并不是。"

"真的吗？"

要说我跟警察较上劲了，那也没有办法。我是在庇护谁吗？森下这个人，杀了田田，杀了山城。来，朝他扔石头吧。不管在此之前他如何善待过我，考试失败，放学回家的路上，见我心情低落，主动请我吃芭菲……来，把森下这些善意的举动都忘却吧，索性告诉警察说，他只是表面上的好人。所有人都巴望我这么讲。甚至森下本人，对我怎么形容他，想必也并不在乎。

成为星辰或野兽。一旦到了 17 岁这个年龄。我想起学习的时候，不知在哪里读到过这个句子。而我如同开启了第三方视角，观望着既无法化为星辰，也无法变成野兽的自己，正在这里拼尽全力地，想要做一个"人"。我极力要守护的，假如是"人味儿"这种东西的话，归根结底，是否也属于一种自我满足？

"……哦不，不太清楚。或许，也有伪善的一面吧……"

"是吗。"

刑警点点头，似乎稍许获得了满足。只单纯"是个好人"的森下，不会去杀人。这一点，我也明白。正因为不是"好人"，才杀了人。这样去想，是最合理的选择。为了能继续活着呼吸下去，明天、后天，都必须这样去想。

"青山，你在警察传唤的时候，也是这么说的吗？"

我忽然向坐在面前的青山问道。见我仿佛完全忘记了方才不愉快的争执，他一脸诧异地注视着我。

"什么？"

“你被警察传唤了对不对？”

“是啊。”

“关于森下，你是像周刊采访时那样去描述的吗？”

“嗯。”

我从包里取出那本周刊。封面写有一行大字：猎奇的凶杀犯，少年 A 鲜为人知的过去。旁边印有森下的照片，五官端正的脸庞上，画着两道黑线。而我们知道，在那黑线的后面，藏着他双眼皮的美丽大眼。我们的身影，曾映在那双眼眸之中。

“你把杂志带来了？”

青山微微露出不悦之色。我权当没看见，翻到某页。是一篇特别报道：好友 B 口中少年 A 的过去，里面淡淡描述了森下过往从小学至初中、高中的生活经历。

“这些，全部都是真的吗？”

“你很清楚吧？是真的啊。”

“以前我跟森下没怎么说过话，不太清楚。然后呢，没有夸张什么的？”

"这个嘛，倒是有被记者夸大其词……"

好友 B 曰：少年 A 自小学时代起就是班级里的红人，在女生当中拥有极高人气，也深受男生的仰慕。颇有象征意义的是，当学校举办活动划分小组的时候，总会为少年 A 该归入哪一组而起纷争，由于少年 A 并不明确表露自己想去哪一组，曾经引发同学之间的激烈对立。

"而且，少年 A 有个癖好，会把自己的物品毫不犹豫转赠他人，以至连游戏卡等贵重之物也随手送人，好友 B 为此曾多次试图劝阻……这段话，是真的吗？"

"是真的。渡濑你也收过森下的东西吧？书啊，文具之类的。"

"哦，管他借橡皮的话，他会立刻说，送给你了。不过呢，我是会归还的。虽说大家都收下了。"

"不知道怎么搞的，渐渐会觉得还东西给他是件挺麻烦的事。森下这人，既没恶意，也没别的居心，所以每次拒绝他时，他都会有点失落。"

“嗯嗯，是这种感觉。咦？话说回来，青山你不也每次都还给他的吗？”

对于我的问题，青山微微瞪大了眼睛。

“什么？这你知道？”

“嗯。”

我最开始对青山抱有好感，也是上小学那会儿，在教室里目睹森下给一群男生每人赠送了一支流行款的铅笔。其中，却只有青山，随后把铅笔偷偷放回了森下课桌上。森下回到座位后，立即发现了那支铅笔，侧头思索，究竟是谁、为了什么要把铅笔还回来呢？对于森下来说，这件事或许十分费解。

“当时我就觉得，青山君人品好正啊……”

听到我的夸赞，青山调开目光，喝起了冰咖啡。

“总之呢，森下喜欢送人东西这一点，我也告诉警察了。不过，对方却只觉得，森下是为了博取好感才到处赠东西的。特别讨厌。”

青山挥动手指，好似在空气中画出一道弧线。

“呃……所以，你才又告诉了别人？”

"怎么说呢……森下这人，是觉得为他人做点什么理所应当的那种家伙。充满道德感的作秀啥的？他压根就不会有这样的想法，仅仅认为这么做顺理成章，并不去考虑自己的损失。送铅笔那次也是，既然大家都开心，他会觉得自己没有也无所谓，就拿自己的零用钱，给大家买了来。这小子。不过，到了中学以后，不管森下如何不介意，大家也不会当真收下他的东西了，但凡拿他东西的，净是些不太正常的家伙。"

　　"嗯。"

　　青山痛下决心似的点点头："森下不是个坏人啊。"

　　"可他杀人了不是吗？"

　　"是啊。"

　　"杀了五个人。"

　　"是啊。"

　　青山双手捧头，俯下身去。

　　我与青山既不是傻子，也并非森下的父母，并不相信在杀人这件事上，森下清白无辜。毕竟，是他本人投案自首的。而且如今，也仍在牢中。

"我还是觉得，这件事你做得不对。"

"……"

"受害者的家属们，看了这篇报道，或许会很受伤……"

"……"

"青山，那件事，已经过去两年了啊！"

说出这句话，我也清楚，对青山不具有任何意义。在双手的遮挡下，看不到他的眼睛。那双手，狠狠搔抓着头皮。然后，我听到他呻吟般的低语：

"你太冷酷了。"

"哦？"

"为什么你能没事人一样参加大学考试，为什么考试还能通过？"

青山语气变得急促起来。接着，我忽然想到，从很久以前起，自己就一直喜欢着青山。

"通常发生了这种事，谁都根本学习不进去吧？参加考试什么的，更不可能吧？"

"可考试又不等人……"

"可是……"

青山的手背上青筋泛起。瞬间浮凸，瞬间消失，又再度暴突。好似在挣扎呼吸。

"太冷酷了。"

他仿佛在伸张一种正义。我感到眼睛眨个不停，悄悄做了几个深呼吸。不懂你在说什么，什么意思啊，干吗突然这样讲——如此去反驳他，想来十分简单。不过，从一种粗暴的角度来看，青山要表达的东西，其实我完全明白。

"青山？"

我以警告的口吻，喊出他的名字。而他，却依旧说个不停。

"太过分了！太差劲了！渡濑！"

青山，你做得是对是错，其实跟我没什么关系。我们两人谁对谁错，也都无关紧要。因为，就算你是正确的，也没有伤害他人的权利。唯有这一点，我非常明白。你如此伤害我，假如能借此抵消自己考试失利，沦为落榜生的苦恼和煎熬，那也 OK。不过，在这一点上伸张自以为的正义，却另当别论；用一种虚无缥缈的责任感来批判我，也另当别论；借助这种理由，将自己的语言暴力正当化，亦另当别论。动机的正确与手段的暴力之间，没有一毛钱关系。

"……"

没有关系的啊！如果总执着于自己的对错，是没有办法展开对话的。青山注视着我的脸，没好气地小声嘟囔：

"看吧，一说就哭。"

好热。有什么东西，带着超乎夏天的灼热温度，从脸颊滑过，跌落在桌面。我听到青山的叹息。还是没有明白啊，这小子，根本一点都不明白。我并没有动摇，也不感到恐惧，只是除此之外，束手无策。没有更好的办法，将自己的感情，狠狠投向他。就只剩下把面前的冰水泼在他的脸上，而后遁走了。之所以没动这个手，仅仅属于，自尊问题。

"渡濑。"

我瞪着青山，内心愤愤地想，我绝不会像你这样过分！而被我紧盯的青山，也终于直视我的目光，长长地叹了口气。接着，就发生了……

"……怎么了？"

"渡濑，你是不是现在还喜欢着我？"

他说话时透明的呼吸，在我眼中，却仿佛口中吞吐着团团黑气。

"……哈？"

"从前，你不是总送我情人节巧克力吗？"

手指转动。在我眼前，青山正扳起手指，一根根数着次数。

"那又怎样？"

"我可以跟你交往哦？"

"哈？"

眼前这个人，自己的确曾经喜欢过。而这一点，即使今日也未改变。总是追在森下屁股后面的他，却不曾成为森下心目中最特别的存在，在旁观者眼中，未免是个可悲的家伙。同班同学里，觉得假如森下不在的话，这小子算是哪根葱的，大有人在。我讨厌那些只会给人划价排位的势利眼，但是，没有办法，我想大家毕竟都不成熟啊。青山从未意识到这一点。至于有谁曾经瞧不起他，从中获取优越感来抵消自身的压力，这种事，他想都不曾想过。甚至也不曾想象过，大家会认为他跟森下交好，是意图抬高自己的身价。这样心地坦然的青山，我没理由讨厌。因此我说：

"……绝对不行。"

我这样回答。一颗心在翻腾、辗转，血液从身体里飞溅出来，滴落在白色地板上，我感到自己正渐渐消失。只剩空洞干枯的五脏，哗啦一下瘫在椅上，摇摇欲坠。我以为那是心在鼓动。因此，而认为自己仍然活着。就是这种感觉。此刻，我是不是，该把冰水泼在青山脸上？

"哦？为什么？"

青山眨眨眼，不可置信地望着我。

"你已经，讨厌我了吗？"

"不是的。"

"哎——？那，为什么？"

难道，他要逼我说出口：毕竟，你并不喜欢我啊，不是吗？

时不时，有白色如风一般的东西，从眼前横扫而过。是这个城市夏天里常常会刮的沙尘暴，自从到东京去以后，就再也没见到过。东京出身的朋友都说，不知道还有这种东西。尽管如此，我却时不时在东京看到。大概是幻觉吧。直至今日，我还会定期做那种梦，梦见自己忘记当班做值日，就跑回了家去。

手心里，握着一个空掉的杯子。

水滴像小雨，顺着我的手指滑落，在桌面化成一摊。眼前的青山，正拿着从店长婆婆那儿借来的毛巾擦脸。

"……"

他不发一言。

我为什么没有逃走呢？往他脸上泼水的，绝对是我。青山沉默不语。我却必须开口说点什么。应该道歉吗？那么，从一开始不拿冰水泼他不就好了吗？我干吗要搞出这些麻烦来啊。

"……"

事情一下子变得好烦。

我干吗要到这里来呢？事到如今，干吗还想着跟青山会面呢？周刊什么的，无视它不就好了吗？觉得对不起受害者家属什么的，其实也不尽然吧。莫非，是出于好奇心之类的动机……

"……为什么？"

青山不待我解释，嘴里喃喃道。

"比起理由，我倒想问，青山，你怎么不生气呢？"

"你……希望让我生气？"

他平静得令我惊讶。见他此刻的模样，我显然安下心来。估计是期待看到他这种姿态，我才没有逃掉吧。我在心里给自己找着理由。

"……我心里想的是，假如你为这点事就大发雷霆，那我会二话不说地走掉。"

根本想都没想过的事情，我嘴上却说得头头是道。哦不，这或许才是我的真心话。

　　"哈？"

　　"我是来谈森下的事，周刊的事，懂吗？什么交往不交往，不是来说这个的。很可笑好吧？青山君也知道这很可笑吧？所以刚才才没有生气吧？"

　　"嗯，我知道。"

　　"啊，你承认得倒挺爽快。"

　　"剩下呢，就只有这杯冰咖啡了，再没什么拿来泼的了。"青山半带笑意，指了指自己的咖啡，"而且咖啡泼上听说还洗不掉。"

　　"嗯。"

　　"那渡濑呢⋯⋯是觉得对不起受害者家属，才到这里来的吧。"

　　他避开我的目光，喃喃低语道。用手指蘸着水，在桌面上画出一道笔直的横线，我与他各据一方，阵地便成形了。

　　"⋯⋯嗯。"

"这一点，我已经不想否认了。就这么认为好了。而且呢，我觉得你特别冷酷，就在听说你考试合格的时候。"

"……"

"不这么想的话，我会撑不下去的。假如你不冷酷，就至少脸上有点表示吧，让我知道你是喜欢我的，懂不懂？"

"……青山？"

"我落榜了啊，前期、后期都没考上，连个边儿都没擦上，直到现在评级仍然是 C。同班同学因为事件的关系，基本上都离开本地了，连老师也说要回老家继承祖业而辞职了。我妈也光操心着弟弟的中学考试。"

店长婆婆拿着抹布来擦桌上的水。我把到嘴边的话咽了回去，青山依旧不停地说了下去。

"要是当初去了庆应义塾就好了，我其实考上了，报了个不太了解的系。好像私立大学学费挺贵的，可就算这样，当初要是去了就好了。可惜，我把机会蹬掉，留在了这里。我妈当时也反对过。可就算愿意花钱，想进庆应义塾的预备校也是门儿都没有。我在一张暑期问候的明信片上，看到石井潜水时拍的照片，不知怎么，莫名想起自己直到去年度过的那些时光，意识到这样继续颓废，是根本活不下去的啊……"

青山不经意扬起眉毛，瞥了我一眼。让我想起小时候的他。老是动手打森下的他。

"要是考上了大学，你就不会想跟我交往了吧？"

不知为什么，我冲他笑了起来。

"……嗯。"

青山貌似尴尬地点点头。我觉得更好笑了，脸颊肌肉抽搐。

"青山君，不会有点自我中心吗？假如因为考试合格，我就在这里乖乖听你指责，假如我此刻仍旧是个仰慕你的女高中生，对你的落榜生活而言，大概会是很好的安慰吧？安全气囊？喂，你是把我当作自己的安全气囊吗？"

"可是，你自己不也……"

桌面上，那道用水画出来的分界线，已经消失了。

青山望着我。

"我看了这篇报道，感觉很受伤、很难过啊！毕竟，田田她死了啊！"

艰难地吐出这个句子。仿佛吐出的是内脏，是胸腔里最后一丝气息。

"……"

青山默不作声。我拍打着桌上那本周刊。纸页湿了，粘在手心上。

"你不是问吗，我是不是讨厌你才来的？没错。不关受害者家属什么事，我就是受不了这件事才刚刚过去两年，就跑出来一个家伙替森下洗白。喂，假如能接受杂志采访，谁不愿意啊？就算是我，也想接受呢。就算什么有价值的信息都拿不出来，也没人来采访我，我也愿意接受啊！也想倾诉一番啊！也想哭上一通啊！就算是我，也想冲着森下大喊：你为什么要杀死田田啊？也想冲着你大吼啊！你或许并不知道，我跟田田虽不是从小学开始交往的朋友，但关系特别亲密啊，而且一起分享着许多秘密。田田还曾经认真地说，将来想要嫁给森下呢。当时，我还半是嗤笑、半是羡慕地想，暗恋一个人，竟然也能这样坦诚地去做梦啊。当我告诉田田，你的手指好细哦，我好羡慕，好想变成你啊，她却回答说，可惜我不如明明你腿长啊。这些话，对青山君来说，或许不会有任何意义吧，都是些不起眼的琐碎话题吧？不过，我却渴望有谁来听我诉说。我想知道，这到底是一种什么心情啊？既不是悲伤，也不是痛苦，不是酸楚，跟田田的死比起来，这些形容词根本什么都不是。没有任何词语能够倾诉我的心境。所以，我喊不出来啊，青山！"

"我……"

这时，青山的手机响了。

"接吧！"

没等青山反应，我先催促道。

"可是……来电号码不认识啊。"

"快接吧！"

青山默默按下了通话键。

"喂？……哈？这个……对，是这样的。你怎么知道的？哦？现在吗？我明白了。好的，碰面时我们用什么辨认对方呢？好的……"

然后，青山立刻挂断了电话。

"怎么？出什么事了？"

"受害者家属打来的电话。"

"哈？"

"说是看了那篇报道。"

"嗯……"

"对不起啦，"青山低声道，"报道的事，还有说要交往的那些话……都对不起了。"

我未置一词，只是，微微点了点头。

青山告诉我，打电话的人到这里来了。

"他说，现在马上给我滚到母校来。不好意思，我去去就回。"

"我也要去。"

"为什么？"

"担心你。"

那篇对森下满口称赞的报道，在受害者家属眼中，怎么看都是很不爽的。怕不是叫青山过去挨揍吧？

"你想跟来也随便，不过，会发生什么我也不知道哦。"

青山说着，将账单取在手中。

"青山。"

我取出钱包，把自己那份钱推到他面前。

"呃……喂！"

青山似乎要说什么，我已头也不回走出店来。

门口的遮雨棚，犹如小时候戴过的那种草帽，在我眼底落下一道阴影。暑日里焦灼的噪音，回响在不知是皮肤还是耳膜的深处。迟了一会儿，青山走出店外。像是一头撞在了什么东西上，面对暑气，蹙起了眉头。我伸手遮住自己眼角泛起的笑意，向着金光簇簇的柏油马路奔去。

"母校什么的，已经好久没去过了。"

"而且正放暑假，估计没什么人吧。"

青山穿着一件有领子的衬衫，高中时代没见他穿过，看起来很稳重。牛仔裤上也没有破洞。

“青山君从来不回母校吗？明明离得这么近。”

“没那闲工夫啊。”

青山噘噘嘴，尽管有些不屑，还是带着笑意答道。

开始登上通往校门的坡路时，几个在校生模样的家伙，骑着自行车从坡上下来，瞅了我俩几眼，接着便擦身而过，似乎只是来学校参加社团活动，因此个个都穿着私服，对我俩也没怎么在意。

“这条路，我还是头一回走着上去。”

“我一直都是走上去的。”

“就算骑车也很累的。”

“嗯，毕竟是上坡嘛。”

青山的衬衣已经干透，就连曾被我泼了一身水，他或许也早就忘掉了吧。

快走到校门口时，我们发现，路边的角落里坐着一个人，即使隔着绿色的T恤，也能看出他肩头支棱棱的骨架。一个骨瘦如柴的男人，背对大路，坐在那里。

"请问……"

毫不犹豫上前打招呼的，是青山。

"你是青山？"

那人摇摇晃晃拖曳着身体站起来，眼神直勾勾盯住青山，双颊凹陷，双目死死瞪着青山。

"是的。"

"啊，初次见面。我是打电话的冈山。"

冈山。是第三位受害者的姓氏。

"这妹子是……？"

冈山毫不客气地伸手指指我。

"啊，呃……"

"你女朋友？"

"不是的。高中时的同学，恰好刚才跟我见面来着。"

"那好，她对案情也很清楚咯？"

"我不太自信知道些什么……"

对于我的回答，冈山不耐地咂了咂嘴，便不再搭理我了，仰头看看坡道尽头，伸了伸腰背。

"这里就是你们的学校咯？"

"是的。"

我替青山答道。

"教室能进去不？就那个嘛，案件发生那会儿，你们班的教室。"

"现在是暑假，估计会挺困难。"

"……我说你，知道我为啥要跟这小子见面，是吧？"

仰脸望着教学楼，冈山一口气不歇地念叨着。我知道他在问我，但眼睛却并不看我。

"……我知道。"

"周刊你看了？你怎么想的？"

"我觉得这样不太好吧。"

"哦？"

冈山不屑地转身望着我。

"为啥？你跟这事明明没关系，还挺会想的嘛。你倒是仔细说说看，青山毕竟也不过聊了一些关于朋友的回忆嘛。为啥？为啥你觉得不好？你把自己当谁了啊？"

圆瞪的双眼，意味不明的问号，朝我发射的视线……我知道，自己并没有任何选择，眼睛，就像被他所操纵，我睁大眼睛，渐渐只能大口呼吸，感到上颌又干又痛，痉挛，喉咙深处仿佛有人，像我一样的某人，因为正被激流席卷而嘶喊。有什么堵住了，喉头深处，好似被堵住了，阵阵发热。忽然，有人扳住了我的肩膀，传来青山的声音。

"渡濑她，真的只是来告诉我，当时应该拒绝那篇报道，并不是在用漂亮话糊弄你。"

扳住我肩膀的，也是青山。他并不看我，而望着冈山。

"哈？"

"这不是渡濑的错。"

"就算不是她的错，伤害了我的感情，她也应该道歉吧？"

"对什么道歉？"

"我的意思是，一个置身事外的人，就别随随便便插嘴！"

"你不是当真的吧？"

"哈？你小子，说啥呢？对我就这副态度？"

"青山！"

我慌忙用手心捂住青山的嘴。

"不好意思，我知道自己话说得太鲁莽。我的确是一个局外人，对不起。"

"啊，嗯。"

冈山的态度一下子温和了，瞬间收敛了脸上的表情。大概他以为自己在微笑吧。

"刚才我想进校门，被门卫拦住了。可惜啊，好不容易来了。这附近，有没啥可以坐坐的店？"

冈山拔腿朝校门相反的方向走去。

"早知如此，你来我们刚才碰面的那个咖啡店就行了。"

"啊？"

对青山的话，冈山再次皱起了眉头。而青山对此无动于衷。

"那个……冈山先生，你跟受害者是怎样的……"

"我是他哥。我妹妹被杀了，懂吗？那起杀人案里的第三个死者。”

这倒是蛮意外的。在综艺节目里看到的被害者女生，脸颊圆润，十分可爱，估计还是个初中生吧。那孩子，跟此人竟然有血缘关系……

“我一个人独居在东京，当时我妹说，希望能在新宿被星探发掘，就跑来我家住了三天。”

“是那个时候……”

“我不知道她半夜干吗要往外跑，总之，大概在外面被森下绑架了吧。我明明告诉过她，东京很危险，别在外面瞎转悠。”

不过，错的是森下——我脑子里冒出的想法，根本是毋庸置疑的事实。我甚至为自己竟然会这么想而感到羞愧。

“你跟妹妹关系好吗？”

“不好。那孩子并不愿意借宿在我家，我对她脑子里想的东西也不太了解。”

“……”

“不过，我不希望自己的妹妹被害。况且，犯人还跟自己粉的是同一个爱豆。"

"哦？"

"我其实也认识森下。为了追地下偶像，那家伙经常来看演唱会。我曾经还想，长那么帅一张脸的家伙，干吗要追什么爱豆啊？"

"……不是那种特别有名的偶像吗？地下偶像……是什么意思？"

"什么啊，你不知道？"

对于一脸惊讶的青山，冈山露出鄙夷之色。

"我说你，明明俩人是好朋友，怎么连森下喜欢地下偶像都不知道？就是那个，案件初发时身为嫌疑人的少女偶像嘛。叫爱野真实，还算挺可爱的吧，可惜玩得太过火，自取灭亡了。"

"……我不知道。"

"最开始杀掉那人，就是因为那啥吧，大概偷看了真实酱的日记，才下手的吧。"

"日记？"

"我瞧见了啊，森下在演唱会中场的时候，偷偷溜进后台休息室。说到底，就是在偷窃真实酱的私人物品吧。真实酱一向都把日记带在身边，我想森下大概偷看了。我也时不时会去看看……最开始被杀掉的那小子，可是真实酱的前男友啊。"

"啊……是他。"

"啥？你认识他？"

"不，只是曾经在同一个补习班。"

青山双手抱臂，稍微侧了侧头，像是努力在回想什么。

"我就想问一下，那个补习班，森下也在？"

"高一的时候上过那个班。说起这事，听说那男生是从痣山高中来的，当时森下还跟他搭话来着。竟然是偶像的男朋友，明明长得挺一般嘛。"

"那也就是说，森下嫉妒人家，就把人家杀了？"

我插嘴问道。网上流传的版本是，森下为了捕获偶像的芳心，想要利用黑魔术，于是杀了人。

"据说，森下对真实酱的前男友怀恨在心，大概读了真实酱的日记之后，就想替偶像动手除掉他吧。"

"……"

"每次想到我家美野里竟然卷进这种破事儿，就觉得来气！"

"喂，渡濑，"这时，青山唤了我一声，"刚才呢，咱们已经去过那家咖啡店了，再折回去也不好意思，不如到对面的神社去吧？"

"神社？可是……"

"也没啥不好吧。"

神社，是山城的尸体被发现的地方。

冈山和青山，或许都不清楚那里是什么地方吧。神社背后有棵大树，山城的尸体就是在树下发现的。所以，通常我到神社去的时候，并不会留意那些祭奠死者的花束，可好几次参拜这座神社时，却为山城死去地点的纪念花束太少，而莫名恼怒，虽也明知这种恼怒毫无意义。于是，总感到心累到极点。同学也曾劝说，还是别去想这事能轻松些。但一些想象力比较丰富的学生，却渐渐开始不来学校了。

这样也好。即使大家都忘掉田田，忘掉山城，当森下这个人从不曾存在。这只是我们让自己活下去的一种手段。谁也没有权利指责说这样不对。有人曾说：这是没有办法的啊。而我也想问问谁：平平常常地吃饭，为了美味开心而笑，这并不罪恶吧？我想与什么人成为共犯——一起活下来，活下去，并且仍然希冀着幸福的共犯。我想与大家会心地达成共识，携手度过高中二年级、三年级，以及整个青春。可青山不是这样。对于森下、田田、山城的课桌将被撤掉这件事，他最先带头反对，于是直到升了年级，教室里仍留着三个空座位。尤其是，保留森下座位的意义，没有任何人能够理解。对于青山的各种说辞，大家也没流一滴眼泪。看清现实吧！有同学这么说。青山却把那位同学揍了一顿。青山曾一直处于班级的中心。其实班级的中心原本是森下，但每个人都觉得青山是森下身边的人，于是，青山就如同班级的中心人物，站立在众人当中。可惜呢，那阵子早就没有几个人跟青山讲话了。

我明白。大家想把青山的存在也一并抹消。毕竟，是为了自己能幸存下去。想要幸存，就不可正视某些东西。就理所当然，必须避开那个愿意直视不辍的人。就这样，在大家缩着膀子准备升学考试那阵子，我一直注视着青山。

　　我才是最卑怯的人。即使保持着对青山的关注，却一直想把森下彻底忘却。还有田田和山城亦是。虽说有时会没来由地一阵恶心想吐，但仍然不失时机与朋友玩乐，甚至参加了圣诞派对，和朋友互赠生日礼物。对了，18 岁那天，我还跟那群女生说什么，"咱们大家都是好朋友哦"。虽然自己也觉得真是蠢到家了，不过，人生之中唯有当下的阶段，才是如同庆典一样的季节，所以尽情享乐吧，我只能这么想。升学考试要靠努力，于是，我就付出努力。仅此而已。我留意到，就连青山，也将鄙夷的目光抛向我们。

　　"那里啊，可是山城君死去的地方哦。"

　　"我知道啊。"

　　青山望向我，一副"受够你了"的表情，双眸之中映出我那张可悲又可怜的脸。看到青山的反应，我才意识到，他对此大概是十分坦然的吧。即便去的是山城被杀害的地方，依然心平气和吧。毕竟，对于青山来说，这一直是无可争议、无须回避的事实。

"那么，我们买束花去吧？再说，我已经很久没去过了。"

我终于吐出这句话，但青山却嘀咕道"山城并不喜欢花花草草吧"，说完，便拔脚向前走去。

"这小子搞什么嘛，到底有没有对我感到一点抱歉啊？"

冈山慌忙追在青山身后，同时，嘴里小声念叨着。

"我想并没有。"我答。

"还有这种道理？"

"青山他觉得，自己不过是聊了些关于朋友的回忆而已。"

"但也没必要在公共媒体上谈论这事吧？"

"你说的或许很对……"

"你就从没被森下怎样过吗？"

冈山冷不丁偷偷瞅了瞅我的脸，问道。

"哦？"

"比如说动手要杀你什么的？"

"没有。"

"你的朋友呢？全都平安无事？"

仿佛身体自然而然地开裂，毫无痛感的，心室中央破了一个洞，关于这点，我是过了一阵之后才察觉的。

这座神社，曾被警察和媒体围得水泄不通，如今，除了风儿盘旋之外，四下阒寂无声，时有草木发出微响。我们沿石阶向上，冈山好几次停下脚步，背部起伏，大口喘息。我与青山会稍等片刻，然后，待冈山再度起步才跟上去。暑气袭人，背上犹如背着一团火。

"你的家人要是被森下杀害了，你也会给出同样的回答吗？"

冈山边爬着石阶边问。

"我不知道。那种情形，我想象不出。"

"就算想象不到全部，你也想象一下嘛，会怎样呢？"

那两人，每登上一级台阶，都要狠狠啐口唾沫，看那架势，像要找什么干一架似的，尽管如此，却看也不看彼此，只瞪着脚下的石头。

"森下那小子，果真像你在采访时描述的，是那样的人吗？"

"他是个好人啊。除了曾经杀过人。"

"那也就是说，是个伪装成好人的变态咯？人家不都说吗，危险的家伙表面是看不出来的。"

"他要是那种人的话，我会发现的。我跟他从小学的时候就认识了……我说了，他人品不错。"

"不会，从他犯事儿前骗了周围一圈人来看，就是凭本能干的。也就是说，这小子相当危险。"

已经很久没看到有谁讨论森下的事情了。并非因为我去了东京，整个街区肯定都不会有。除了青山。就像这样，连眼前这两人，对于森下如今的境况，也是绝口不提。其实，比起森下曾经是个怎样的人，我们更应该关注他此刻是个怎样的人，以此为前提，继续生活下去吧？

除此以外，我一概不感兴趣。

"这种问题，根本就无所谓好吧……"

我鬼使神差地，傻傻念叨出了声。

话出口的瞬间，青山扭过身来，用一种我从未见过的神情，狠狠瞪了我一眼。

"你胡说什么哪?！"

话音刚落，我感到青山的脚就飞了过来，忙向后退了一步。之后一脚踩空，纯粹怨我自己。毕竟，青山虽抬脚打算踢我，但随即打消了念头。尽管如此，我的身体飘浮起来，心脏被丢在半空，仿佛被整个世界毫无顾忌地放逐了。我喊不出声，这一瞬间，冈山抓住了我的手腕。

"你没事吧？"

那是一只瘦骨嶙峋的男人的手。

"谢谢你。"

大概是皮肤干燥的缘故吧，一种粗粝的感触萦绕着我的手腕。

“渡濑，你刚才说根本无所谓，到底是怎么个意思？”

“……”

“抱歉让你不开心了。可是，我连想一想这样的问题，也不允许了吗？你这态度不奇怪吗？”

青山，态度冷静。抓着我手腕的冈山，沉默不语。

“……可毕竟，只有森下杀人是无须讨论的事实。”

田田死了，是森下的错。仅此而已。至于评定森下人格的等级，这种事，轮不着我们来做吧？没有意义。

“可是，就连你，也得到过森下的帮助和善待吧，有过好多次。”

“嗯。我被森下善待过。而且，森下杀害了田田。仅此而已啊，青山。至于森下是不是个好人，根本就无所谓吧。把这点搞清楚，又能怎样呢？就算得出结论，他是个大好人，森下也不会感到开心的。”

“可是，森下的名誉就守住了吧。”

青山竭尽全力辩解。无论怎么琢磨，让他大费唇舌的理由，看起来都不只是出于对森下执着的爱。

“也难说吧。森下假如想守护自己的名誉，从一开始就不会干这事儿，不是吗？"

"你到底在说什么啊？"

"青山，你是为了你自己，才非得认定森下是好人啊。仅此而已。快打住吧。"

我微微一笑，终于把这句话说出了口。看样子又要被踢了，也不知为什么，自己大约是彻底豁出去了。似乎是生平头一遭，我感到青山这人挺讨厌的。就觉得说，哈？不可理喻。眼前的青山，脸上挂着不知是愤怒还是悲伤的神情。旁边的冈山，焦躁地抓着头皮。青山长长地吸了口气，我听到粗重的气息声。接着，他一下就炸了。

"那好，把他当成个杀人魔，就 OK 了是吧？甚至跟这起事件毫无关系的人，也可以狠狠鄙视森下，鄙视森下的妹妹和森下的家人，也可以去殴打他们，就把森下当成是如此恶毒对待也无可厚非的恶人？你大概不知道吧？自己跑去了东京，大概不知道吧？森下的妹妹在学校里遭到了霸凌，得了失语症，没法开口说话，不知搬去了哪里。森下的妈妈自杀了，爸爸至今还住在这里。家里的窗户曾被人扔过石头，房子也被放了火。干出这种恶毒的事来，大家还都觉得理直气壮。说什么既然生了一个那么残忍的杀人魔，大家这么对他们也情有可原。所有人，早就不把森下当人看了啊！人们既恐惧着非人，同时又将森下视为非人，觉得他低人一等，早就没有任何人愿意认真去看待他了。但凡是森下做过的一件小小的好事，都被认为肯定别有用心。那些从前被他善待过的家伙也说，没准儿我也差点被他杀掉呢，吓死人了。说什么拿了他一根铅笔，代价没准儿是还他一条性命。这种话，他们是怎么说出口的？森下跟大家都玩在一起的，不是吗？一起去吃抹茶芭菲，这小子给的糯米丸子，你不是也吃了吗？为什么把他这些好处都忘记了呢？他见你没精打采，才把自己喜欢的糯米丸子分给你的啊。为什么你都忘了呢？是觉得忘掉才好吗？"

"我根本没忘啊。"

"可是……"

"可那件事我也没忘。森下杀人的事，我也没忘。

除此之外，我什么也不想明白。"

"……"

"你跟森下的父亲不怎么见面吗？"

"已经很久没见了，见不到啊。"

"妹妹呢？你跟她不是挺亲密吗？不是说常在一起玩吗？"

"见不到面。据说已经搬到对此事无人知情的城市去了。也许是国外……"

"为什么……你不试着联系她呢？"

"因为对方不愿意啊。"

青山静静闭上了眼睛。仿佛垂直下坠的光，眼泪从颊边滑落。我望着他的脸。

"你被她讨厌了是吗？"

"……你说够了吧？"

"是啊，都说够了啊。"

发话的是冈山。面带微笑。而且，依旧捉着我的手腕，向他自己那边用力一拽。

"啊！冈山先生……"

"你跟森下是同班同学？"

冈山无视我的叫喊而问道。我担心着哭泣的青山，想瞧瞧他是否还好，却忽然发觉，冈山下手极为用力，手腕有痛感传来。我疼得面容扭曲，他却依旧不肯松手。我感到一丝莫名的惊恐，温顺地回答了他的提问。

"……修学旅行的时候，我跟森下在同一个小组。我的好朋友喜欢他，是在被杀的前一天开始跟他交往的。"

"哦？是为了杀掉人家才跟人家交往的吧？"

"不太清……好疼！"

攥住手腕的那股力量骤然加强了。

我抬头看去，冈山面带笑容。待人很随和，可其实是个杀人魔，据说这种事情常有的，我在电视上也看到过，冈山先生。

"啊！请……"

"干啥？"

我感到喉头仿佛突然被淤泥堵塞，呼吸吃力，拼命调动发黏的舌头，吐出两个字：手腕。青山似乎压根没注意我的疼痛，不知何时已拭去眼泪，重新爬起了台阶。

"啊啊，对不住。"

冈山绅士地松开了手。然而，我的手腕已经留下了红肿的瘀痕。冈山没事人一样追赶着青山，甩给我一个背影。

"所以你口中的好朋友……就是那个叫田江田的妹子？"

"是的。"

看来他打算把提问继续下去。

"那妹子，喜欢森下啊？"

"好像是。"

我听到冈山那边传来一记不满的咂嘴声："真没眼光啊！"

"哦……？"

"照你说的，俩人开始交往了，到底怎么回事？哪一方先表白的？"

"啊，是田田表白的……"

沿着台阶拾级而上，渐渐感到风流动起来。我的发丝摇曳，裹在皮肤上的汗液开始蒸发。待凉凉的触感拂过之后，马上又坠入了高温的包裹。不过，前方的两人似乎都浑然不觉。我用指尖轻揉着手腕上红肿的瘀痕。

"哦？森下为啥要接受人家的表白？他明明是粉爱豆的，何况正在为了真实酱杀人。"

"这个，我不太清楚……"

的确，假若那时候森下已经计划要杀田田，可以说，他就是为了杀人才接受表白的。

"要是这样的话，也太鬼畜了。喂，青山啊，你怎么看？听了这一出。"

冈山觉得什么好笑呢？他边笑边问青山。

"什么怎么看？"

"不管是为了杀人接受表白也好，还是接受表白之后杀了人也好，都太无耻了吧？"

冈山边说边把指关节按得啪啪响。青山则面无表情地听着。

"……这种事，或许只是巧合而已，不是吗？"

"这种巧合，也未免太巧了吧？"

"可是……"

"森下可是把人杀了啊，懂不懂？我说，你小子到底想要包庇啥？森下，那可是个杀人犯啊！无耻之徒啊！这点你也明白吧？"

"别说了！"

我插进两人中间，偷偷瞅了一眼青山的脸。血色全无。冈山面对这样一张脸，一张惨白到毫无生气的脸，却无所顾忌地追问不停，简直恐怖。

"咋了？"

"还是……先上去再谈吧？"

"可是，我希望这小子能拎拎清啊！"

"你就当是遇见了一个执迷不悟的家伙，不好吗？"

我抓起青山的手，像要从冈山的身边逃走，急忙登上了剩下的台阶。

爬完台阶，一座外观素朴的神社出现在眼前。我跟青山四下参拜的时候，只有冈山一直仰头打量着神社的建筑。

"怎么了？"

待我回到正殿，冈山也貌似平复了下来，叹了口气。

"我在想，森下在这里杀人的时候，到底是一种什么心情。"

"哦？"

"杀人之前，也不知他参拜了没有呢。"

冈山一下子瞪大了双眼。刚刚见到他那会儿，他就是这副神情。

"森下是为了博取真实酱的好感而去杀人的，是代替真实酱动的手，并且死不松口，声称全是为了赢得偶像的欢心。他在这个神社里，没准儿向神许愿了吧。竟然为了那种目的，杀掉一个喜欢自己的妹子……无耻，无耻啊！一想到这小子为了如此荒唐的理由，杀掉了我妹妹，我就冒火三丈……"

"……"

"所以，我要揭穿森下的真面目。真实酱要是听说他杀掉了一个喜欢他的妹子，肯定也会对他感到失望吧。"

冈山的心情，我不了解。估计就连他本人，也未必清楚。从他的言谈中，看不出一丝一毫对"真实酱"这个偶像的执着。他真心打算把什么"森下的真面目"告诉那位偶像吗？我感觉未必。他只不过为了将不同于自己的见解进行消音，翻来覆去搬用偶像的名字而已。我不能断言，他是不是陷入了混乱才如此的。对这个人，我实在太不了解。而青山对此是怎么想的呢？不，比起这个问题，我对青山的心情，其实更一无所知。

我明白的只有一点：没有谁完全正确，也没有谁完全错误，这种问题，没必要争个孰对孰错。冈山发出了一声悠长的、微弱的叹息。

山城尸体被发现的地方，已经两年过去，依然摆放着祭奠的花束。冈山默默不语坐了下去，从钱包里掏出一张照片，搁在自己面前。是个可爱女孩唱歌的照片。

"这是……？"

"是真实酱。山城也是她的粉丝。"

"哦？是吗？"

冈山仰脸瞧瞧为此而吃惊的我和青山，脸上现出不耐的神色。

"这孩子的事情，你俩，就啥都不知道？"

"不知道。"

青山干脆地答道。

"呃……不过，修学旅行的时候我们是同一小组的。"

我急忙从旁补充。不过，这也是因为感觉山城就在身边吧。为什么我会如此心慌意乱呢？

"虽然曾经在同一个小组，可我跟他几乎没说过话。"

"……我跟山城聊过几次。"

冈山为什么对这个问题也充满好奇呢？

"山城是个咋样的人？"

"比较阴郁，但并不讨厌。"

"嗯嗯……也就是说，你对人家并不了解吧。"

冈山嘴上这么说着，轻轻合掌拜了一拜。

"山城这孩子，我常在演唱会上看见他。因为从没跟森下在一起过，没想到竟然是同一所高中的。"

冈山站起身，低头俯视着自己刚才摆放的那张照片。那个被他称呼为"真实酱"的偶像，纤细的身体，包裹在粉色的演出服中。

"等，等一下。也就是说，森下为了自己喜欢的偶像，把同为粉丝的伙伴山城也给杀害了？"

"而且这孩子本人也同意了。"

"什么啊？莫名其妙。"

"这是我的猜测。"

冈山从鼓囊囊的牛仔裤口袋里掏出一本黑色手账，往上面记录着什么。一看之下，是个人名：阿裕。接着他又写道：高一时，与森下同上一个补习班。青山曾见过两人说话。山城，真实酱的粉丝，与森下同为粉友？或许了解森下杀人之事？是协助者？我无暇细想，将本子一把夺在手中。

"这是什么东西？"

逐页翻阅下去，又见上面写有：青山的电话号码、住址、修学旅行时与森下同小组、我的名字、爱野真实的名字。我跟青山的名字下面还胡乱画着几道线，并做了标记：幸存者。是啊，也不知为什么，我跟青山，会被森下放过。不知为何他会饶了我俩的性命。而田田和山城，明明也是同一小组的成员啊。

"还给我。"

冈山劈手把本子夺了回去。

"这个……"

"怎么着？你大概想说，我到处调查别人，很恶心是吧？我有这个权利吧？去了解你俩，了解森下是个啥样的人，有啥样的性格，每天过着啥样的生活，了解森下是个多卑鄙无耻的小人，为了把真实酱的心搞到手，就不择手段啥都干。或者倒不如说，你俩本来就有义务告诉我这些情况。要是有那工夫去跟什么媒体瞎逼逼，先给我打个电话啊！别装模作样秀什么塑料友情了！你们的青春是错误的！没有阻止森下去杀人，你俩也有罪。负点责任吧！说点实话吧！你，还有你！"

"不是塑料友情。"

青山声音虚弱然而清晰地答道。

"哈？你小子，说啥呢？"

"我说的都是实话。"

"实话？说那小子是个好人，这算哪门子实话？他杀人了喂！杀了我家美野里。美野里可不是那种活该被杀掉的贱女孩。她嘴巴虽然厉害点儿，但心肠好，对我妈也很孝敬，是个好女孩啊！是的啊，倒不如说……不如说，我家美野里才是真正的好人吧？他为啥要杀了美野里啊！我妹妹她……为啥就得去死啊？很可怜好吗！美野里，好可怜……"

冈山的声音在颤抖。他本人似乎也搞不清楚，为什么自己在颤抖，泪水为什么溢出了眼眶。看他的样子，甚至好像就快泣出血来。尽管如此，青山依旧紧咬嘴唇，怒视着他。

"……你说这些，只是因为妹妹被杀掉了，感到伤心而已吧？我对媒体说的那些话，或许的确伤害了你，但你没道理说我在撒谎。我讲的每句话，都是自己内心的实话。你不可以连我的记忆也一并否定了。你虽然到处搞调查，可是，这样做，你的悲伤就能消失吗？只会碰到像我这样的人，搞得自己更愤恨吧？作为我来说，也有我希望去守护的东西啊。或许，它看起来不是那么珍贵，也没法拿去跟一个人的性命相提并论，但有一点却十分肯定，那就是我们根本不可能好好对话啊！"

对于青山和冈山的对话，我早已无法再洗耳恭听下去。幸存者。这个词，粘在我的眼底。我们是幸存者。即使当初被杀掉了，也不足为奇。对森下来说，最亲近的人应该就是青山。就连我，也跟森下一起度过了不短的时间。这算什么！算什么啊？我的心中仿佛混入了碎冰，阵阵寒凉，周身僵硬而紧绷，眼泪就快夺眶而出。可惜这毫无意义。可惜我也不知何以如此。怎么办呢？假如就这样哭出来的话，青山和冈山都会感到为难吧。

忽然，我不经意想起，山城在修学旅行时，也曾这样哭过一次。巴士里，他坐在森下旁边。那么，当时他为什么会哭呢？我胡乱编了个愚蠢的借口，说他是晕车，还抚着他的背安抚，可是，对于他为什么要哭，我根本莫名其妙。甚至还觉得，他可真会破坏气氛啊。况且，在那种场合任由他去哭，闹得大家都来起哄，其实更没意思。那时候，我怎么不问问山城的心情呢？大概是因为森下说了什么吧。反正，森下把山城惹哭这点确凿无疑。我从没见过这家伙把人弄哭什么的。为什么？是山城知道些什么吗？关于森下，比起我来，他了解得更加深入吧？

"为什么，森下杀掉的是山城呢？"

我的嘴巴擅自吐出这样一句话。

"哦？"

"为什么，他杀的不是青山呢？"

我莫名浑身颤抖。一种类似寂寞时的颤抖。我想，这是幻觉。然而，肌肉却在震颤，眉头自然而然拧在了一起。为什么，被杀的是田田，而不是我呢？为什么，森下希望我们活下来呢？哦不，为什么他不想杀死我们呢？我不懂。很难想象森下对大家抱有远近亲疏、孰轻孰重的分别心。假如他有这种念头，就不会杀掉田田，不会杀掉山城。

青山一脸窘迫，接着，像个孩子似的垂下头去，嗫嗫说了一句："不知道啊……"

"……为什么呢？"

"我对粉爱豆这种事没有兴趣，不过，假如森下邀请我的话，我会跟他一起去听演唱会的。"

"……"

"可是，直到最后我也毫不知情。是在森下被捕之后，通过新闻报道才得知的。为什么杀的不是我呢？这个问题，在森下刚被捕的第一时间里我也想过。或许，对于森下来说，我不是什么重要的人吧。"

"青山……？"

"甚至森下都被捕了，杀人了，这个问题还一直在我脑子里徘徊不去。一厢情愿以为自己是森下的好朋友，这样的我，真是愚蠢透了。"

但是，或许森下希望你活下来呢？这句话，我却说不出口。事实恐怕并非如此。这只是种一厢情愿的确信。因为森下一直是个好人。这一点，青山最最了解。森下对大家是平等相待的。不会单单想去守护谁，也不会单单想要杀掉谁。觉得杀掉所有人都没关系，他才动手去杀的。他只是选择了恰好当时在身边的人。这种选择里没有分别心，青山十分清楚，森下是个好人。

"可是，没有被杀掉不也是件好事吗？"

"……"

这样劝慰青山大概毫无意义吧。能被森下"拣选"，或许才更重要吧？上小学的时候，青山曾经拿竖笛揍过森下，引起了不小的骚乱。我往教室里窥看，就见青山骑在森下身上，边哭边揍，断掉的竖笛扔在一边。大家都认为这件事错在青山，至于二人发生龃龉的理由，我却无法理解。

"青山君他怎么了？"

"好像为了……研学旅行分组的事？据说是没能分在一组，所以发脾气呢。"

"哦？"

"好像说，森下君刚才跟奈奈她们约好了要在一个组。"

"跟个女生似的。"

"就是啊，太逊了吧。"

女生们议论纷纷，撇嘴扮着鬼脸，哄笑起来。而在她们眼皮底下，森下却正在挨揍。揍人的是青山，比起森下，明明占据上风，但所有人却向他投以怜悯的目光。

"青山君，的确有点那个呢。"

不知谁说了一句。

"他这种人啊，就叫作金鱼粪。"

又传来不知谁的声音。我讨厌这些七嘴八舌的议论。比起殴打森下的青山，背后说小话的这些人，更可悲更不堪。不过此刻，既然我不能高声喊出内心的想法，那么跟她们大约也算一丘之貉。我做不到像青山那样，大声坦白："为什么啊！跟我一起去长野吧！"对这样的青山，我感到钦佩。

"这些想法，你去跟森下说过吗？"

我问垂头丧气的青山。

"他不接受我的会面申请。"

想来也是如此吧。我很清楚。

"是吗，"我摩挲着青山的后背，"回头哪天，去跟他讲讲吧。森下再过阵子也该放出来了，他会回答你的。"

虽然我明知，这话说得，也过于想当然了。

"喂！"

冈山在喊。

"我说你！"

哎，我应道。

"过阵子放出来，是什么鬼？"

不知道，我答。

"我妹妹被他杀掉了啊！美野里，被杀掉了啊！"

啊，是的。

"她才 14 岁啊！比你们还年轻好多呢。就被杀掉了啊，被你们的朋友！然后你却告诉我，过阵子就放出来了？啥意思嘛！我希望森下这贱货能麻利地自杀谢罪，这一丁点忏悔是理应该有的。理所应当的。他要是出来了，老子就宰了他，合情合理的。老子身为美野里的哥哥，干掉他属于天经地义。为了一种对爱豆的无聊占有欲，为了自己的欲望，他妈的竟然杀了我妹妹，杀了美野里，死去吧！贱人死去吧！什么鬼啊！还过阵子就放出来了？说啥呢！你俩赶紧告诉森下去，叫他去死！写信给他，叫他去死！索性给他送根上吊绳，叫他赶紧自杀！搞啥啊你俩，拜托别太过分好吧？估计连死尸的照片都没看过一眼吧？压根不知道那贱人都干了些啥吧？没瞧见这地方都摆了一摊啥吧？那贱货杀了五个人啊！在你俩居住的街区里，在草丛里、树下边，杀掉之后就丢那儿不管了啊！身体被大卸八块，美野里连衣服也被扒光了，肉被切开了，骨头砸碎了，扔得他妈哪儿哪儿都是啊，被那贱人，那贱人！我说你，喂！是不是不懂啊?！"

啊……我脱口叫了一声。比话音落地更先一步，我感到双膝跪了下去。有谁支撑着我的后背。我想，这个人，大概是青山。

"对不起！"

有个声音说道。接着，我感到额头从未有过的冰冷。嘶的一下……

流血，就是这样一种感觉吧。黄昏时分，我在青山身旁喃喃道。在冈山发飙之后，我便昏倒了。看样子，青山一直守在身旁，等待我醒来。我苏醒时，冈山已经不在了。起初我以为眼前所见是在做梦，但青山随即告诉我：

"冈山他走了。"

我为自己一直靠着青山的肩膀而道歉："不好意思……"

"不必介意。"

"可是……"

"他的那些指责，是不对的。"

然而，我认为冈山是正确的。我的的确确犯了错。

"本来嘛，渡濑也没有必要时刻保持正确。虽说，你在他面前讲出那句话，的确不够善解人意。"

"……"

"但我也因此释怀了，谢谢你！"

夕阳的光，落在青山脸上，一片赤红。我心里想，宛如着了火。很久以前，我也见过相同的景象。是何时来着？

"青山，你笑了呢。"

"哦？"

"就在刚才。好久没见你笑了。"

"是吗……"

没有必要，保持正确。有人，会注视着我们；有人，必然会听到我们的话语；而有人，会因我们的错误受到伤害。不知为什么，我想这样劝慰青山。可惜，我对自己却说不出这番话来。就当这是一种必不可少的"严己宽人"吧。不必总是正确。即便是你，也一样。我犯了错，因此遭受了冈山的怒骂。因为我犯的错，冈山也深深受到了伤害。不过，青山，正如你所言，即便如此也不必总是正确。我只希望，你能够说出内心真实的想法。

"青山，你自己一个人去见森下的吗？"

"嗯。"

"跟任何人都没有商量过吗？"

"因为光是谈起森下，大家就已经很不愉快了。"

"……这倒也是呢。"

此刻，据说，森下待在一个叫作"医疗少年院"的地方。而且青山说，只有亲属才允许跟他见面。

"我曾经去探望过森下的爸爸，不过他一见到我，果然就会胡思乱想啊。"

"……"

"他说对我感到很抱歉……毕竟，光是考虑森下和受害者家属的事情，他已经心力交瘁了。尽管如此，他依旧尽心尽力地去做。所以，我觉得自己特意上门拜访，挺不识趣的。"

"……"

"另外，我莫名有种感觉，假如自己再继续探望下去的话，这位叔叔，恐怕会寻死的，那就太对不起森下了。"

"……等森下成人了，情况就会转变吧？"

"会吗？"

"森下会从少年院放出来吧，然后转到什么普通监狱去。我不太清楚，回头查一查。假如是这样的话，我们一起去见他吧。"

"啊……谢谢你！"

青山笑了。尽管疲惫至极，仍绽露出笑脸。我与青山，曾如此徒劳而不知所谓。曾如此错得离谱。在这件事上，既不能让谁死而复生，又惹得冈山勃然大怒，实在愚不可及。我们必须去道歉。必须用道歉，补偿我们犯下的过失。

"青山，你还打算报考京大吗？"

"嗯……你要是希望我考东大，也可以哦。"

"说什么呢。"

我笑了。尽管被我嘲笑，青山也未流露一丝不快。改天若是能见到森下，我们会有什么话题可聊吗？我想，大约并不会有。只是，青山盼望见到森下，仅此而已。我喜欢这样的青山。想和他在一起。届时，希望自己陪在他身边。秋天就快来了，又到了那起事件发生时的季节。我会时不时跟青山聊一聊森下的事情吧。而青山，会为了升学考试用功复习吧。一定会的。

"喂，青山。"

"嗯？"

"高中的时候，我不是喜欢过你吗？"

"哦？哦。"

青山并不看我，揉了揉鼻尖。

"所以呢，森下被捕的时候，我曾经想：幸好青山还活着啊。"

植物们，仿佛已融化在空气之中。

四下，袅袅升腾着一缕夏夜的芬芳，好似生命本身的气息。

后 记

（这是一篇写给 17 岁这个季节的跋文。）

只要待在教室里，每个人都可以从自己固定的位置，用低不可闻的声音，肆意评判他人孰对孰错，获得一种自我满足的安心感。绝对没有任何人正确无误，也没有任何人高明完美。大家皆是"未完成""未定型"状态，这意味着，生而为人的难堪与不适，以及一份肉眼可见的保证——从今往后，可以尽情将这份"缺损"当作借口，去肆意妄为，任性而活。

自己喜欢的艺术家，同学却一无所知；对于文学，更是从未有过认真的接触；并且，对爱情也毫无概念——同学之间，往往以各种理由，轻易去鄙夷他人。即便是我，也同样蔑视着谁，或被谁所蔑视，大家彼此彼此，借此来赢取自身存在的意义与价值——对音乐了如指掌的我，对爱情深谙其味的我，成绩出类拔萃的我……学生时代，你是怎样的一个人，最终都无关紧要。每个人都高高在上俯视着他人，并因此而感到安心。觉得自己与众不同？这种念头本身，便是你与他人最大的"共同点"。

是从何时开始，意识到青春就是，或曾经是个藐视一切的季节呢？是在何处，意识到这一点的呢？那份轻狂，固然是蒙昧的象征，但正因如此，也最令人怀念。随意去否定他人，想要用优越的眼光看待他人，只是为了最大限度，葆有对"我"的自信。那是一个无论对他人、自己，甚或整个人类，全都予以藐视，否则便无力承受的，心灵有破洞或缺失的季节。而索性将之称为"非人"，却是那些孤独乏味的大人，最喜欢干的事。

最果夕日（最果タヒ）——

1986 年生，日本诗人、小说家。

最果，世界的终结，宇宙最偏远之境。

夕日，作者本人指定中译名。

2006 年，获第 44 届现代诗手帖奖；

2008 年，诗集《早安》获第 13 届中原中也奖；

2015 年，《致死亡系的我们》获第 33 届现代诗花椿奖。

小说著有 2015 年《不仅仅是可爱的我们，拥有仅仅是可爱的平凡》
《17 岁，成为星或兽的季节》，2016 年《涡森今日子不期待宇宙》，
2017 年《和十几岁的人产生共鸣的家伙都是骗子》。

最果夕日　在文景

星か獣になる季節
Astral Seasons, Beastly Seasons
Tahi★Saihate

文
景

Horizon

社 科 新 知　文 艺 新 潮

17岁，成为星或兽的季节

[日] 最果夕日 著　匡匡 译

出 品 人：姚映然
策划编辑：廖 婧
责任编辑：廖 婧
营销编辑：王园青
装帧设计：安克晨

出 　 品：北京世纪文景文化传播有限责任公司
　　　　　（北京朝阳区东土城路8号林达大厦A座4A　100013）
出版发行：上海人民出版社
印 　 刷：山东临沂新华印刷物流集团有限责任公司
制 　 版：南京展望文化发展有限公司

开 本：787mm×1092mm　1/32
印 张：5.75　　字 数：76,000
2019年4月第1版　　2019年4月第1次印刷
定 价：39.80元
ISBN：978-7-208-15744-6/I·1811

图书在版编目（CIP）数据
17岁，成为星或兽的季节 /（日）最果夕日著；匡
匡译 .—上海：上海人民出版社，2019
ISBN 978-7-208-15744-6

Ⅰ.①1… Ⅱ.①最… ②匡… Ⅲ.① 中篇小说—日本
—现代 Ⅳ.①I313.45

中国版本图书馆CIP数据核字（2019）第036977号

本书如有印装错误，请致电本社更换　010-52187586